Contrabando de sombras

Antonio José Ponte

Contrabando de sombras

ISBN 978-94-91515-93-4

Una advertencia

Esa noche hablaron de lugares imposibles en la terraza que da al cementerio. Enumeraron rincones donde no volverían a meterse de estar en sus cabales, adonde los había llevado la urgencia del deseo, el dictado de un aquí y un ahora. Vladimir y Renán compitieron por el recuerdo más disparatado, y Susan no dejó de reírse de las ocurrencias de ambos.

Cuando el tema pareció no dar más, Renán anunció que hablaría del lugar más imposible de todos, de lo que le había ocurrido por venir al cementerio. Y dijo venir como si la conversación no sucediera a diez pisos de altura, en la acera de enfrente.

«Lo que me pasa todavía», reconoció.

Los compromisos de anfitriona hicieron que Susan dejara solos a sus dos amigos.

«Hace años conocí a un tipo en la calle», contó Renán a Vladimir. «Trabajaba en una empresa de proyectos de arquitectura, era dibujante. Un tipo extraño… No podía llevarlo a mi casa, él tampoco tenía casa propia, y no encontramos otro sitio en donde meternos que éste».

Se refería al cementerio.

«¿Fue idea tuya?», preguntó Vladimir.

«¿Idea mía? No lo creo. Pero, mía o de él, de quienquiera que haya sido, lo cierto es que todas las tardes, a la salida del trabajo, empezamos a venir».

Vladimir interrumpió la historia para averiguar quién era el dibujante.

«¿Y eso qué importa ahora?», objetó Renán.

«Me estás hablando de él, ¿no?».

«Estoy hablándote del cementerio», convino. «A él no pudiste haberlo conocido, si es lo que quieres saber».

Susan pasó junto a ellos para dejarles nuevos tragos.

«Fue en verano igual que ahora. Las tardes eran largas y uno salía del trabajo con tiempo suficiente antes de que el cementerio cerrara».

Vladimir encendió otro cigarro.

«¿Te han dejado alguna vez por un sueño?», preguntó Renán.

«¿Por un sueño?».

«¿No, verdad? Pues nosotros terminamos porque ese tipo tuvo un sueño, una pesadilla que le volvía cada noche puntualmente».

Ya había dicho que se trataba de alguien extraño. Vladimir soltó una bocanada de humo.

«¿Qué clase de pesadilla?», investigó.

«Pesadilla con muertos».

«Las peores, me parece».

«Un sueño», especificó Renán, «en que los muertos hacían cola para metérsela».

Vladimir iba a dar otra chupada a su cigarro y abandonó el intento.

«¿Quieres decirme que todo esto va en serio?».

Las marcas de acné en el rostro de Renán resaltaban a contraluz. El pelo de la frente comenzaba a ralearle.

«Claro que va en serio», declaró. «Yo ví cómo él empezó a consumirse, cómo le cogió miedo a cerrar los ojos y a dormir. Y después llegó a darle miedo estar despierto, porque me aseguró que el techo entre la vigilia y los sueños tenía filtraciones».

«¿Un techo?».

«Así me dijo. Acuérdate de que él era dibujante de proyectos arquitectónicos. Supongo que su trabajo le hiciera ver así las cosas, y calculaba que el tal techo no ofrecería resistencia por mucho tiempo más y se vendría abajo… Como se vino abajo él».

«¿Y tú?».

«¿Yo qué?».

«¿Nunca tuviste sueños parecidos?».

Renán miró a Vladimir como si, después de haberse salvado de algo extremadamente peligroso, éste viniera a proponerle idéntico peligro.

«No», Renán bebió de un sorbo lo que quedaba en su vaso. «Conmigo pasó otra cosa».

Bajo la terraza, rodeado por las luces de la ciudad, el cementerio era una laguna negra.

«Tú no montas bicicleta, eh».

El cambio en la conversación tomó a Vladimir por sorpresa.

«Yo nunca te he visto en bicicleta», notó Renán.

No, Vladimir no tenía bicicleta propia. Llevaba mucho tiempo sin montar en una.

«Pero te habrás fijado en los que pasan por ahí abajo en las suyas», supuso Renán.

La calle junto al muro del cementerio era ancha y curva.

«Sin ser empinada, sin haber pendiente alguna, fíjate qué raro», consignó Renán, «las piernas tienen que esforzarse el doble».

Vladimir no esperó más y preguntó qué relación había entre aquellos encuentros suyos dentro del cementerio y la dificultad de los ciclistas en la calle.

Renán señaló entonces hacia abajo:

«Es cuestión de energía. Lo mismo para quien visite con frecuencia el cementerio como para quienes pasen en bicicleta junto a esos muros».

Vladimir no alcanzó a encontrar la conexión entre ambos hechos, y descubrió que Renán ya no estaba a su lado. Bailaba con una rubia amiga de Susan. Traía, al volver a la terraza, un vaso lleno hasta los bordes.

«Ya que la dueña de la fiesta se olvidó de nosotros...»

Echó poco menos de la mitad en el vaso de Vladimir y se dispuso a retomar su historia.

«Mi pesadilla ha consistido en no poder dejar de venir», dijo del cementerio.

Por eso le había llamado la atención a Vladimir sobre esos ciclistas, porque también él se creía pedaleando en contra de una fuerza inexplicable.

Ahora Renán parecía contagiado de los razonamientos de aquel amante con quien visitara el cementerio. Vladimir preguntó de cuál fuerza inexplicable hablaba y oyó hablar de una que al parecer no alcanzaban a contener los muros del cementerio, a la que los ciclistas detectaban de sólo pasar cerca.

«Para mí los sueños siguen separados de la vigilia», aceptó Renán, «el día sigue separado de la noche y los vivos de los muertos. No he tenido pesadilla que se me repita, hasta ahora no me he vuelto loco. Pero si algo ha cambiado desde que vine por primera vez…»

No alcanzó a terminar su frase.

«Lo que pasa cuando no puedes vivir sin alguien», reconoció, «me pasa a mí con un lugar. Con ése».

Cada vez Vladimir se sentía más lejos de reconocer a su amigo en lo que le contaba. Se echó en la boca el hielo que quedaba de su trago.

«Perdí de vista a ese dibujante», volvió Renán a su historia, «y por un tiempo dejé de venir. Oía de vez en cuando rumores sobre la vida de él, pero ya no me interesaba. No lo vi más. Entonces descubrí una cosa… Sé que vas a reírte cuando te la cuente, aunque si ya llegué hasta aquí prefiero no dejar de contártela».

Vladimir dejó de masticar hielo.

«Me di cuenta», confesó Renán, «de que no pasaba cerca de aquí, del cementerio, sin que se me parara. Nada más de ver esos muros tenía una erección».

Los trozos de hielo salieron disparados por la carcajada de Vladimir.

«¡No había oído a nadie a quien un muro se la parara!», soltó en cuanto pudo pronunciar palabra.

Los dos rieron.

«¿Por qué me hace este cuento?», tuvo que preguntarse Vladimir recuperada ya la seriedad.

Renán se había metido en el cementerio por no disponer de otro sitio. Pero esos encuentros con tipos dentro del cementerio no eran más que un pretexto, y había regresado allí únicamente por el lugar. Por algo que el lugar despertaba en él.

Contó a Vladimir del silencio entre las tumbas. Declaró que algunas tardes habría podido quedarse adentro a la hora en que cerraban.

Esa noche fueron los últimos en marcharse. Susan no estaba obligada a disimular ante ellos, y se quejó de que todo hubiese salido tan mal, de que no hubiese aparecido el tipo para quien organizara aquella fiesta.

«Por favor», les dio la espalda.

«Hazlo tú, Vladimir», pidió Renán. «Yo no quiero enredarme con esta mujer».

Ella le dedicó una mueca.

«Abréle entonces a Tunder», ordenó.

Vladimir la ayudó con el cierre del vestido.

«Tunder», lamentó Renán, «pobrecito Tunder, encerrado toda la noche, sin poder entrar a la fiesta».

El perro de la casa tenía un modo particular de saludar a Renán. Se comportaba con él como con nadie.

Susan anunció a sus dos amigos que Óscar dormía en casa de la novia.

«Si creen que bebieron demasiado, o no quieren andar por ahí a estas horas, quédense en su cuarto», concedió. «Yo me voy a la cama».

Echó una mirada al desorden que tendría que recoger al día siguiente.

«Cierren bien si no van a quedarse», dijo desde su cuarto.

Ellos, sin embargo, no aceptaron la invitación. Caminaron a lo largo del muro del cementerio y fueron a terminar la noche al apartamento de Vladimir. En un colchón sobre el piso, entre montones de libros.

Vladimir pidió un momento para encontrar sábanas limpias, y Renán le aconsejó que no se preocupara porque así estaba muy bien. Ya había dado dos patadas al aire y sus mocasines se encontraban en una esquina del dormitorio. Sólo quería saber si las pilas de libros que cercaban el colchón tenían un orden determinado.

«Ninguno», contestó Vladimir desde el baño. «Son los que tengo por leer».

Renán desparramó aquellos libros en busca de espacio. Mientras cubría el colchón con sábanas no más limpias que las que retirara, Vladimir le preguntó cuánta verdad había en lo del cementerio.

«Toda la verdad del mundo», consiguió como respuesta.

Renán se levantó a mediodía. Vladimir sentía que la cabeza iba a explotarle y continuó en la cama.

Como en los días siguientes no tuviera noticias de Renán, preguntó a Susan. Pero tampoco ella sabía.

«¿No se quedó a dormir contigo?».

«Me levanté con una resaca tremenda y salió sin que lo oyera. Se llevó el libro que me estaba leyendo».

«Dalo entonces por perdido», aseguró la voz de Susan. «El libro, quiero decir».

«Ya no me acuerdo ni de qué trataba».

Vladimir prometió, sin embargo, que iba a recuperarlo.

Ese mismo día volvieron a tener una conversación telefónica.

«¿Susan?», tuvo que preguntarle.

«Ya lo supiste, ¿no?».

Al otro lado de la línea la voz no parecía la de ella. Vladimir le contestó que sí, y quedaron largo rato sin decirse palabra, sin atreverse a colgar.

El cadáver de Renán estaba en camino y llegaría en una hora o dos. Era cuánto sabían del accidente de carretera a pocos kilómetros de Santa Clara. Ninguno de los dos alcanzaba a explicarse qué hacía Renán en aquella ciudad de provincias, por no decir en la muerte.

«¿Por qué me cuenta esto?», se había preguntado Vladimir la noche de la fiesta.

Y ahora creía saber por qué. La historia de Renán era el tipo de comentario que hace quien va a morir, el último recuerdo que deja en los demás, aun sin proponérselo. Algo que, de ser significativo en el momento en que sucede, se hacía más significativo aún debido a la muerte.

⁂

Lo enterraron una de esas mañanas en las que el aire no mueve ni una hoja. Las poquísimas nubes permanecían en el mismo punto durante horas, y sólo para después del mediodía cabía esperar que el viento las reuniera.

Vladimir había sido el único amigo masculino cuyo nombre la familia autorizara a la hora de encargar las coronas mortuorias. Inscripto junto al de Susan, los dos podían pasar como un matrimonio.

«Y vas a prestarte a esa farsa…», le reprocharon los amigos desahuciados.

La noche en la funeraria había transcurrido en guerra entre éstos y la familia.

Él siguió de lejos el entierro, esperó a que Susan ofreciera al padre y a la madre las condolencias, y se alejó de allí sin dar las suyas.

Tomaron el mismo camino de regreso que el resto de los asistentes. Los zapatos de Susan los obligaba a avanzar despacio y, cuando por los alrededores no quedó ningún conocido, ella quiso saber qué historia había contado Renán a Vladimir la noche de su fiesta.

«La que contó de este lugar», pidió.

Para Susan el amigo muerto quedaba definitivamente en esa última imagen junto a Vladimir, los dos de madrugada en la terraza.

«¿Te acuerdas de que llamó a éste el lugar más imposible?», consideró lo irónico del asunto.

Vladimir rememoró para ella la conversación de la terraza.

«Así que venía aquí a menudo», consideró Susan.

Eligió una sepultura a la sombra e invitó a Vladimir a descansar un rato junto a ella.

«Sabes que vengo aquí todas las tardes», explicó, «que en cuanto baja un poco el sol traigo a Tunder».

No dijo nada acerca de su hijo mayor enterrado allí, como si el hábito de cada tarde fuera solamente una necesidad del perro de la casa.

«Y una de esas tardes me encontré a Renán aquí. Lo vi de lejos».

«¿Te dijo qué había venido a hacer?», se interesó Vladimir.

«Negó que fuera él», recordó Susan. «Y de verdad que si era Renán se comportaba extrañamente».

Vladimir quiso saber de qué comportamiento extraño hablaba ella.

«Creo que si, tal como te dijo, esperaba a alguien aquí, no era precisamente a un amante».

«¿Entonces qué?», Vladimir se impacientó.

Ella miró en todas las direcciones.

«No sé», contestó al fin. «No es más que una impresión que tuve».

Vladimir le preguntó si había conocido al dibujante del que Renán hablara.

«No pretenderás que conozca a todos los que se acostaron con Renán», dictaminó ella.

«No, claro que no».

«¿Y por qué me preguntas?».

«Porque, según Renán, se volvió loco por venir».

Susan apretó los labios.

«¿Te parece que Renán estaba un poco loco?», preguntó. «De esa conversación contigo la noche de la fiesta, ¿puedes sacar alguna conclusión?».

Vladimir lo pensó por un momento. Ya que se confiaban las últimas imágenes del amigo muerto, él lamentaba haberlo despedido de aquel modo la mañana después de la fiesta.

«Tú estabas en resaca», le explicó Susan. «Que te hayas levantado en resaca y haya sido en medio de ella la última vez… Da lo mismo. Cualquier otra sobrevivencia sería igual de vergonzosa, créeme».

Los muertos siempre conseguían dejar esa sensación de vergüenza en quienes quedaban. Por entre los árboles, Susan y Vladimir vieron avanzar a un grupo.

«¡Ven con nosotros!», gritaron a Vladimir.

Era el resto de los amigos de Renán. Disimulaban las coronas mortuorias prohibidas por la familia y buscaban el camino de la tumba.

Vladimir se negó a acompañarlos.

«¡Pues ven tú, Susan!», gritó uno de ellos. «¡Que eres más de los nuestros que ése!».

Ella rehusó alegremente.

«¿Quiso decirme maricón?», consultó a Vladimir.

Pero él tenía otra pregunta para Susan, ahora quería saber si alguna vez ella se había acostado con Renán.

«¿Qué te contó él?», saltó Susan.

«Nada. Nunca se lo pregunté. No creo que habláramos de eso».

Ella sonrió como lo hubiera hecho Renán.

«¿Y por qué piensas que alguna vez nos acostamos?».

«No sé. No lo sé bien. Yo te ayudaba con el cierre del vestido después que terminó la fiesta, ¿te acuerdas? Y él dijo algo, no me acuerdo qué, y por la forma en que lo dijo…».

Ambos escarbaban en busca de detalles últimos.

«Fue hace tanto tiempo, Vladimir, que quizás no haya ocurrido», reconoció ella. «Renán tenía dieciséis años y yo quince. Él estaba interesado en mi novio de entonces y, como siempre, era capaz de cualquier cosa para conseguir lo que quisiera».

Vladimir la miró divertido.

«¿Y lo consiguió?».

No habían podido enterrar la sonrisa de Renán y seguía en el rostro de Susan.

«Por supuesto que sí», casi gritó ella. «¡Estamos hablando de Renán!».

Los dos respiraron como si el aire hubiera mejorado de pronto y les llegara fresco. Pero Susan descubrió una carrera en su único par de medias negras y ese descubrimiento la malhumoró.

«Tu cabeza y la de él habrían chocado como dos granadas explosivas», advirtió al que tenía al lado.

Vladimir se encogió de hombros.

«Un cabrón», murmuró ella a modo de cumplido.

Sintió cómo corría por su espalda una gota de sudor. El vestido, al secarse, tendría esas manchas blancas que el sudor deja en la ropa oscura, la sal del cuerpo… Los ojos se le llenaron de lágrimas.

Alejado del grupo durante el entierro, Vladimir se había entretenido en vigilar a un sapo en la jardinera de la tumba más cercana. El sapo había sacado la cabeza en el mismo momento en que el padre de Renán los llamaba a todos *compañeros*.

«*Compañeros*», balbuceó Vladimir ahora que lo recordaba.

El lenguaje de los encuentros políticos en la tumba del hijo, ¿acaso no tenía otro idioma aquel viejo?

«…en la piel, ¿no?», preguntó Susan secándose los ojos.

«¿De qué hablas?», pareció despertar Vladimir.

El calor y la noche sin dormir los hacía divagar un poco.

«De Renán», recordó Susan, «que tenía una mancha en la piel, un lunar grande en la nalga izquierda».

Vladimir le aseguró que la mancha estaba en la nalga derecha de Renán.

«¿Sí?», ella inclinó la cabeza hacia un lado. «Oye, no te hablo de cuando lo vi sin ropas a mis quince años… Hace meses me tocó ponerle unas inyecciones».

Vladimir preguntó qué le inyectaba.

«Penicilina».

«¿Muchos millones?».

«Muchos, sí».

Vladimir supuso que tantos pinchazos acababan con una nalga y era preciso entonces emprenderla con la otra. De tanto ponerle inyecciones, Susan le había mudado de nalga aquel lunar.

Salir del cementerio discutiendo acerca del culo de Renán era el mejor homenaje que podían hacerle.

«Ahora me tomaría una cerveza», deseó Vladimir.

Pero estaba sin plata.

«Sube a casa conmigo».

«¿Tienes cerveza allá arriba?».

No, no tenía. El ascensor estaba roto y ella lo invitaba a almorzar si no tenía miedo de las escaleras. Pero Vladimir prefirió dejarlo para otra ocasión.

Cuando se abrazaron, creyó notar que los hombros de Susan temblaban un poco. La vió subir las escaleras y se quedó allí, bajo el sol. El tráfico pasaba por la calle que bordeaba al cementerio y él permanecía al borde de la acera como un ciego dispuesto a dar el primer paso, a cruzar la calle sin ayuda de bastón ni de perro.

«Va a volver a la tumba», conjeturó Susan al verlo desde su terraza, un rato después. «Se reunirá con los otros. Ellos tiemplan en el cementerio».

Se frotó con una toalla el pelo recién lavado. Un aire levantó las mechas secas y las enmarañó contra su cara. Tenía esa costumbre de lavarse el pelo después de los entierros. También se lo había lavado al volver del entierro del mayor de sus hijos.

En la acera contraria a Vladimir, junto al muro del cementerio, un ciclista se detuvo y simuló examinar la rueda trasera de su bicicleta. Hizo, entre gestos de calamidad, alguno dirigido a él. Y, como no obtuviera respuesta, siguió su camino.

Anocheció tan lentamente como ocurre en el verano. Solo en su apartamento, Vladimir lamentó no haberse quedado junto a Susan. E imaginó que, de existir vida después de aquella donde encendían las luces de las calles, Renán era uno de los que formaban cola para meterse en el sueño de los vivos, en sus cuerpos.

❧

La última sesión de los cines había terminado ya, y a la salida de éstos no quedaba nadie. El asfalto de la calle brillaba después de ser fregado y alcanzaba a aspirarse un olor a mezcla de agua y polvo semejante al de la tierra cuando llueve, olor que el viento barrería enseguida.

No se encontraba gente ni siquiera en los bares de la calle Monte. Salvo en la esquina donde una mujer daba un escándalo a quien parecía ser su marido.

Tenía abierta la blusa y enseñaba la espalda en carne viva. Arrancó su ajustador de un manotazo, luchó con la saya hasta quedar completamente desnuda, hasta descubrir que el tipo para quien había hecho todo aquello ya no estaba allí. Y no encontró más salida que encarar al único ser de por los alrededores.

«Tócame», pidió con voz aguardentosa a la sombra de Renán.

La mujer recorrió con sus manos las marcas de quemadura, agitó los dedos como si éstos fueran llamas que la consumían.

«¡Me di candela por ti y ahora no me reconoces!».

Su grito parecía también ser pasto del fuego. Para quitársela de encima, Renán tuvo que refugiarse en el parque de enfrente. Todavía la vio, al otro lado de la calle, gesticulando como una llama de candela.

El parque se encontraba vacío.

«¡Arriba!», gritó alguien desde un cachivache sobre ruedas, mitad bicicleta y mitad asiento de ómnibus. «¿Tú no eres a quién yo tenía que recoger?».

Sobre el asiento de ómnibus caía una red y el hombre tiró de la red por un lado y por otro. Parecía dispuesto a atrapar con ella a su cliente.

«¿Vas a subir o no?».

En la boca no le quedaba un diente. Renán contestó que tenía que hacer su viaje a pie.

«Comprendo», dijo el hombre. «Pero no encontrarás un alma en tu camino. Vengo desde Luyanó y ni siquiera los guardas están en sus puestos».

Dio a los pedales tan inútilmente como si se tratara de una bicicleta de gimnasio, y tuvo que ovillarse sobre el manubrio para conseguir mover primero un lado y, por fin, la totalidad del cachivache.

«¡Viento de agua, me voy!», fue su despedida.

Renán creyó avanzar por una de esas malas noches en que a nadie se le ocurría abandonar la casa.

Oyó que un radio transmitía las llamadas telefónicas de gente con opiniones tan raras como la hora que era. Pedían discos difíciles de hallar en los archivos y, a la espera de esos discos, el locutor radial lograba enredarlos en conversaciones todavía más extrañas.

El radio y un bombillo encendido marcaban el puesto de un guarda, pero no se veía ni sombra de quien vigilaba allí. Tampoco existía por los alrededores cosa alguna que mereciera cuidado.

En el cruce de Reina con Belascoaín, donde la avenida cambiaba su nombre de mujer por uno masculino y la reina se convertía en Carlos Tercero, el semáforo funcionaba para un tráfico que no existía. Había un hombre tirado debajo del semáforo, en medio de la calle.

Renán tocó uno de sus hombros, intentó remover el cuerpo, y el bulto humano se convirtió en papeles, bolsas, retazos de tela, aire. El viento había formado una figura humana con aquellos restos, y ahora desperdigaba esa figura. Ante los ojos de Renán hizo cruzar una advertencia:

«Lo mío primero», leyó éste en una bolsa que le flotó delante.

La bolsa se perdió Belascoaín abajo, rumbo al mar. Aunque la noche era tan rara que a lo mejor no había mar.

Él siguió por Carlos Tercero, bordeó la verja de una gran quinta oscura. Buscó un hueco en la verja y se metió en un mundo de árboles enormes y fuentes estancadas, legamosas. Un sendero de jardín abandonado lo hizo llegar a tiempo para el cambio de guardia en el edificio próximo.

Oculto tras un árbol, vio salir de la guardia a un recluta. El recluta cantaba algo que lo hacía avanzar alegremente.

«Si ya me mojaste», alcanzó a oírle, «¿por qué no me tiras la toalla?».

«¿Por qué?».

Hacía, entre una y otra frase, larga pausa. Como si ambas preguntas no pertenecieran a la misma canción.

Renán salió a la calle detrás de él.

«¿Por qué no me tiras tu toalla?», gritó al recluta como si ellos dos fueran los únicos despiertos en la madrugada.

La respuesta del muchacho consistió en volverse. Un hoyuelo le partía la barbilla en dos, las orejas salían como flores de su cabeza rapada.

«¿Por qué?», gritó Renán.

La avenida doblaba al pie del Castillo del Príncipe. El recluta se internó en la pendiente que subía hasta los muros del castillo. La madrugada, al fin, soltaba prenda.

Pero Renán no tardó en hallar a su recluta con otro, recluta también. Los dos muchachos se quitaron las camisas de uniforme y él quedó embobecido con el brillo de las cadenitas que caían de sus cuellos. Fue a sentarse al pie de uno de los árboles, sobre una piedra.

Los reclutas le sonrieron como si se tratara de un niñito sentado en su orinal. Él se libró de los zapatos, movió los dedos de los pies juguetonamente. Habían fundido cemento para que la tierra de la pendiente no corriera hacia abajo y los troncos de los árboles salían a través de agujeros en el cemento fundido.

«Quiero poner los pies en tierra».

De hacerlo, iba a llegarle una felicidad extrema, la libertad de andar descalzo por el mundo. Así que dejó atrás sus mocasines y comenzó a subir.

Arriba, cerca del muro del castillo, pudo barrer la capa de hojas de árboles hasta dar con la tierra. Encontró un suelo firme, lleno de piedrecitas.

«Estaba por llegar a Santa Clara», recordó.

Sintió un pinchazo en la planta de los pies y tuvo que apoyarse en el árbol más cercano. Entre las ramas, el cielo tenía el color del cielo en las viejas postales coloreadas.

«Estaba por llegar a Santa Clara y...»

«¿Por qué no me tiras la toalla?», le pasó por un costado la canción.

Ahora la cantaba el segundo de los reclutas. Había bajado del castillo para recibir como contraseña ese pedazo de canción. Y en su voz, más grave que la del otro, la pregunta sonó definitiva, contundente:

«¿Por qué?».

ↄↄ

El teléfono despertó a Vladimir, y en el teléfono la voz de Lula.

«¿Tendrás luz esta noche?».

Él tuvo que estirar el cuerpo antes de contestarle.

Por ahora funcionaba el ventilador. ¿Es que no iban a venir de no haber electricidad?

«Vladimir, no respondas a mi pregunta con otra».

Lula era abogada.

«Y dime si pusiste a hacer hielo», exigió.

«¿Llamaste para chequearme?».

Del otro lado de la línea, la gorda echó un resoplido.

«Dame un minuto», dijo.

Él apagó el ventilador con el pie y recibió una bocanada del calor de la mañana.

«Ah, pero si no tiene esa declaración entonces...», escuchó decir a Lula. «¿Dónde está? Sí, pásamelo».

Ésta ya había encontrado modo de sacarle plata a alguien y volvería de humor más apacible a la conversación telefónica que sostenía con él.

Lula dejaba el bufete de abogados cada vez que un extranjero le caía entre manos. Se iba a traducirle, a guiarlo entre los vericuetos de la administración, lo casaba por un precio más bajo que en el bufete internacional, o enmarañaba de tal modo las cosas que podía convertirlo en propietario, desde tres o cuatro generaciones antes, de una casa en la ciudad.

«¿Qué le contaste a tu fotógrafo?», quiso saber Vladimir.

«Pues le enseñé las revistas que me diste y le hablé de un par de libros. Así que ya lo sabes, tienes dos libros agotados».

La noticia divirtió a Vladimir.

«¿Y él se lo creyó?».

«La prueba está en que quiere verte», confirmó Lula. «Tú ocúpate del hielo, eh. Hasta la noche».

A la hora convenida, ella se apareció con un hombre de pelo completamente blanco. Al fotógrafo extranjero lo acompañaba una mulatica que podía ser su nieta. El vestido cortísimo de ésta desobedecía toda gravedad y, de no ser por unos pies grandes de baloncestista, se diría que la muchacha flotaba.

«¡Ay, me gusta esta sala sin nada!», celebró.

Revoloteó por la habitación sin muebles antes de posarse junto a su novio extranjero.

Lula le dedicó la peor de sus sonrisas, sirvió bebida a todos excepto a la muchacha y, acodándose en un cojín sobre el piso, propuso que empezaran con la reunión.

El viejo sacó entonces un libro de fotos suyas hechas en Beirut. Pero dio escasa importancia al libro, trabajo hecho y rematado ya. Lo que lo desvelaba ahora llenaba una carpeta, eran imágenes de calles vacías, de edificios apuntalados o convertidos en escombros. Ruinas, en suma. Había venido de su país a retratarlas.

A esas ruinas seguían imágenes de sepulturas, panoramas de la ciudad de los muertos. El fotógrafo hojeó tan velozmente su trabajo que a los ojos de Vladimir sepulturas y casas se hicieron parte de lo mismo, y preguntó si todas aquellas imágenes pertenecían a una misma serie.

El autor de las fotos contestó de corrido, sin dar tiempo a Lula para traducir.

«En efecto, todas hacen una sola serie y la mayoría de ellas...»

«¡Miren!», la mulatica interrumpió a la gorda.

Ella no necesitaba traducción para hacerse entender por el fotógrafo. Pegó sus labios a una de las orejas encarnadas y murmuró algo. Reconfortante, a juzgar por el rostro del viejo.

«Paciencia», rogó la mirada de éste a Vladimir y a Lula.

Y se marchó al balcón con la muchacha.

La gorda puso entonces un dedo sobre las fotografías.

«¿A ti qué te parecen?», preguntó desconfiada.

Vladimir hojeó la carpeta y abrió el libro.

«Dime que hay arte», pidió la abogada en un susurro.

Las calles de Beirut, devastadas por la guerra, podían perfectamente pertenecer a esa misma ciudad que el fotógrafo y la mulatica divisaban desde el balcón.

«Con tal de que me pague…», respondió él.

«Quiero saber si es arte, Vladimir».

«Es arte».

A continuación ella habría preguntado qué señales permitían aceptar la existencia de arte allí, pero el fotógrafo volvió.

«…Y la belleza», declaró Lula después de muchas frases traducidas, «está en esa misma muerte».

«¿Belleza de qué?», intentó averiguar Vladimir.

Lula ni siquiera se tomó el trabajo de traducir a su cliente tal pregunta.

«La belleza de esta ciudad, Vladimir», defendió. «De la vida que se lleva aquí».

«¿De la que nosotros llevamos?», la interrogó él. «¿Tu vida y la mía?».

Estuvo a punto de preguntar también acerca de la vida de la mulatica. Y algo de esa pregunta no hecha debió transparentarse, porque la novia del fotógrafo lo acosó:

«Pero, ¿tú no viste el sol? ¿No viste cómo se ponía el sol allá afuera?».

Para animarlo a él, la muchacha tendría que secretearle algo muy poderoso al oído.

«¿Todos estamos más o menos muertos, y son hermosas las más o menos muertes que llevamos?», intentó averiguar Vladimir.

El fotógrafo asintió gustosamente.

«De eso se trata», reconoció Lula.

Como faltaba hielo en los vasos, la mulatica se brindó a traerlo y encontró el refrigerador tan vacío como la sala, aunque esta vez se abstuvo de mostrar entusiasmo.

El viejo hilaba otra vez un discurso interminable.

«Acerca de la verdad, o indistintamente la belleza, que puede encontrarse en la muerte y resurrección de las cosas», compendió Lula y empujó su vaso lejos de ella. «Ya no tomo más».

La mulatica flotante pareció divertida por el probable espectáculo de la gorda dando tumbos.

«¿No puedes más? Dale, traduce, que él está hablando».

Lula consideraba irrelevantes los detalles del discurso y no se molestó en traducir. La mulatica tapó entonces la boca de su novio.

«No te está traduciendo», se quejó.

El viejo apartó la mano de la muchacha y los miró a todos. Era ahora un extraño que no alcanzaba a entender lo que ocurría a su alrededor, un extranjero temeroso de ser estafado. Y se volvió hacia Lula.

«¿Qué quieres que le diga?», la abogada traductora desafió a la novia del fotógrafo.

«Pregúntale cuánto me va a pagar por mi trabajo», declaró Vladimir en ese mismo momento.

Las dos mujeres se sorprendieron de tal brusquedad. En materia de dinero, ambas se consideraban mucho más sutiles.

«Serán quinientos dólares», notificó Lula luego de consultar a su cliente. «Doscientos ahora, como adelanto, y el resto a la entrega del trabajo».

Fotógrafo y escritor vaciaron sus vasos en celebración del acuerdo, y el extranjero averiguó el camino hacia el baño. Con su ausencia dejó libre el terreno a la mulatica, que se dedicó a flotar pegada a Vladimir.

«Cuatrocientos», susurró al oído de éste.

A la muchacha le cubría la piel ese polvo de las cáscaras muy pulidas. Tenía piel de fruta o talco fino echado. Vladimir se volvió hacia la abogada.

«Él dijo quinientos, ¿verdad, Lula?».

La gorda, sin embargo, prefirió no percatarse de lo que sucedía. Fue a apostarse a la puerta del baño para celebrar en la lengua del fotógrafo el compromiso recién conseguido.

La experiencia le indicaba que a los extranjeros había que darles un plus de entusiasmo, no importaba cuán decididos parecieran. Venían a casarse y ella se comportaba como si hubiera sido la que presentara a los novios. Traían idea de un libro o de un documental y ella se convertía en escritora o en cineasta. Es decir, tenía amigos en esas profesiones. ¿Llegaban con la idea de poner alguna empresa aquí? Perfecto, ella estaba mejor situada que la amante de un ministro de economía.

«Cuatro para ti», sentenció en la sala la novia del fotógrafo. «Y uno mío por habértelo traído».

Su habitual relación con el dinero la hacía tratar a los cientos como si fueran unidades. Y Vladimir tuvo que comprometerse a entregarle cien dólares en cuanto se efectuara el segundo de los pagos.

La mulatica lo miró entonces como si se dispusiera a arrebatarle otros cien.

«No estés tan seguro de que no te gustan las mujeres», amenazó acercándole a los ojos una porción de piel de fruta.

Dentro del baño, el fotógrafo sacó dinero de uno de sus zapatos. Ya en la sala, llevó el truco hasta hacer creer a los demás que aquellos billetes brotaban de sus bolsillos.

«Pero si esta mañana no tenía nada ahí», discutió consigo mismo la mulatica.

Muy temprano había tenido la curiosidad de revisar la ropa del fotógrafo.

«En esos dos cabezones que él te da podría ir mi cabezón», advirtió a Vladimir de una mirada.

La muchacha contaba los billetes de cien dólares como si fueran de a uno y, en confianza, llamaba cabezón al retrato de Benjamin Franklin.

«Y yo no voy a quedarme sin mi lección de historia americana», declaró Lula de una ojeada. «Quiero también mi prócer».

Secreteó algo a su cliente y se volvió hacia Vladimir.

«Vas a tener que hacer algunas investigaciones, ¿no es verdad?».

No esperó a que él asintiera. Necesitaban entonces una carta oficial de investigador, documento que ahorraría contratiempos.

Esa carta podría parecer una dificultad más en el camino, aunque al contrario, era allanar la vía para un trabajo rápido. Y ella se haría cargo de conseguirla.

«¿Por cuánto?», se interpuso la mulatica.

Lula contestó menos a ésta que a un punto en la pared.

«Cien».

Exigir tal cantidad por una simple carta pareció el colmo a la novia del fotógrafo.

«Ah, si tú puedes conseguirla por menos...», estuvo dispuesta a aceptar Lula.

Y envolvió a la muchacha en un abrazo para recordarle que no sería otra que ella, Licenciada Lourdes Sanromán, Lula, quien arreglaría su matrimonio con el extranjero.

Finalmente, uno de los billetes salidos del zapato del fotógrafo encontró refugio en el pecho de la gorda. Prensado entre una teta y otra, allí donde ningún dedito pudiera venir a arrancárselo, mojado en su propio sudor, los cien dólares iban a oler a ella, serían ella.

De beber quedaba poco y, cuando lo terminaron, el viejo se echó encima sus pertenencias, entregó a Vladimir la carpeta con sus fotos más recientes, e invitó a todos a cenar.

«¡Oh, sí!», dio palmadas de alegría la joven novia.

Vladimir rehusó la invitación con el pretexto de que tenía mucho que hacer.

«Pero si no hay nada en tu frío», la mulatica flotó hasta el refrigerador y abrió la puerta. «Agua y hielo, miren, y un pomo de mostaza».

Allá fueron el fotógrafo y Lula a examinar el interior vacío.

«La puerta de salida es esta otra», hubiera querido indicarles Vladimir.

Sacó los dos billetes apenas quedó a solas. Se aseguró de que no fueran falsos, y le pareció un milagro la llegada del dinero.

Bajó a gastar un poco de él. Regresó tarde y, apenas llegar, el teléfono sonaba.

Era Lula.

Él preguntó qué tal le había salido la comida.

«Ella sólo come hamburguesas», dijo Lula de la mulatica.

Así que tanta invitación había terminado en hamburguesas.

Lula la emprendió con lo ocurrido en la reunión de trabajo, y consiguió convencer a Vladimir de que no había podido hacer otra cosa que desentenderse de los manejos de esa muchacha. De lo contrario, todo el negocio se hubiera ido a pique y él no habría recibido nada de dinero.

Vladimir prestó poca importancia a lo ocurrido. Celebró que, gracias al ardid de la carta de investigador, Lula hubiese sacado del fotógrafo la misma cantidad que la mulatica le arrebatara a él. Tocó, como supo enseguida, uno de los puntos débiles de su amiga abogada.

«¡No es ningún ardid!», protestó ésta. «¿De qué ardid me estás hablando?».

No valió de mucho disculparse, ahora Lula no se oía más que a sí misma. Lamentaba el hecho de que cada día fuera necesario tratar con más intermediarios para conseguir las cosas. De que una simple carta (tenía razón en ello esa infame comedora de hamburguesas) costara tanto.

Tuvo al final que apaciguarse, pues llamaba a Vladimir para pedirle un favor.

«Un favorcito», dijo como si se tratara de un caramelo pegajoso en la punta de sus dedos.

Algo faltaba aún para quedar completamente satisfecha con el acuerdo conseguido. El fotógrafo había trabajado en aquella carpeta, Vladimir iba a escribir palabras que acompañarían las imágenes, y cuando palabras e imágenes estuviesen publicadas nadie se acordaría de ella, de Lula. De Lourdes Sanromán, quien había sabido reunir a escritor y fotógrafo, y a la que éstos debían conjunción tan favorable.

«A menos», declaró, «que el viejo me encargue traducir lo que tú escribas».

Vladimir podría confirmarle al fotógrafo que ella era capaz de hacer traducción literaria, que no resultaba del todo ajena a la literatura, que había escrito algo alguna vez.

«¿Tú?», se le escapó a Vladimir.

«¿Y por qué no?».

Claro que ella no contaba con obra publicada en revistas. No era, como Vladimir, la autora de dos libros agotados…

«Pero si yo no he publicado ningún libro, Lula», la desmintió él.

Tampoco ahora se detendría a escucharlo. Vladimir era autor de un par de libros de los que no quedaba huella en las librerías. Mentira que se dijera una vez (lo sabía como abogada) tendría que ser arrastrada hasta el final lo mismo que un error de cálculo.

«Vladimir», rogó del otro lado del teléfono, «confírmale a ese viejo que alguna vez hice mis poemitas».

Él prometió a Lula que así lo haría, y colgó.

Descubrió entonces que, en su ausencia, parecía haber ocurrido un ciclón dentro del dormitorio.

Derrumbadas las pilas de libros, varios de éstos habían sido hojeados a velocidad de huracán. Las fotografías de la carpeta se hallaban dispersas. Y, sin embargo, por la ventana entraba poca brisa.

Tomó del suelo una fotografía en la que apenas reparara antes. La estatua de un ángel, uno de los muchos ángeles del cementerio, se alzaba con dificultad de la tumba que marcaba. Un viento venido de otro mundo le removía los cabellos de piedra y el ángel sellaba sus labios con un índice. Parecía tratarse del guardián de algún secreto.

❦

En los días siguientes, el trabajo con el fotógrafo hizo a Vladimir interesarse por la frontera entre la ciudad de los vivos y la ciudad de los muertos. Fue a visitar a Susan.

Luego de la muerte del mayor de sus dos hijos, Susan se había mudado a aquel apartamento cuya terraza daba al cementerio. Era un magnífico edificio, aunque le advirtieron mucho acerca del estado técnico del ascensor. No querían esconderle el hecho de que tendría que utilizar las escaleras con bastante frecuencia.

El mayor de sus hijos había sido un experto submarinista. Un muchacho difícil de educar, para quien no existía escuela si desde muy joven era capaz de buscarse dinero con lo que pescaba.

De niño había demorado en hablar, y luego ninguna de sus conversaciones fue mucho más allá de lo que alcanza a expresarse en el lenguaje de manos de los buzos. Sin embargo, el mismo año en que iba a morir ahogado, en el cumpleaños de su madre, quiso darle a ésta el mejor de los regalos. Se dedicó a contarle cómo era el fondo del mar y, mientras lo escuchaba, Susan sintió la extrañeza de que ese hijo suyo, el mudito, el bruto, a quien secretamente más quería, hubiese visto el fondo de las cosas.

La noche en que él no volvió a casa calculó que lo tendrían detenido, acusado de pescar clandestinamente como ya había ocurrido antes. Y ella pasó la noche sin dormir, dispuesta a visitar las estaciones de policía en cuanto amaneciera.

No necesitó hacerlo, sin embargo. La policía se encargó de buscarla a ella. Le pidieron que prestara su colaboración, que los acompañara para identificar el cadáver de quien podía ser su hijo.

«Denme sólo un minuto para avisarle al padre», respondió.

Parecía haber olvidado que el padre de los muchachos se encontraba en otro país y nunca volvería.

Pero llamó por teléfono a Renán y, cuando destaparon el cadáver y Renán quiso dejarla a solas, ella le exigió que se quedara allí como si fuera el padre del muchacho. Susan demoró el trámite cuanto pudo. Como si de su asentimiento dependiera una desgracia así. Como si, de negar la evidencia de aquel cuerpo, su hijo fuera a continuar con vida.

«Es él», finalmente fue Renán quien lo aceptó.

Fue de aquellos minutos dentro de la morgue que surgió entre Susan y Renán una relación sumergida, ahogada como el hijo, entendida sin palabras o dicha apenas en un código de buzos. Los dos salieron de allí sintiéndose como un verdadero matrimonio, porque ningún otro voto de alianza iba a ser más poderoso que el que habían encontrado en aquel día.

A través de echadoras de cartas, de espiritistas, de santeros, iban a dedicarse a buscar al hijo perdido. De consulta en consulta, como una de esas parejas marcadas por la esterilidad y empeñadas en parir algo.

Hasta la tarde en que arribaron por fin a un poco de conocimiento. Atravesaron el patio de lo que había sido un palacio y era una ciudadela de habitaciones estrechas, y al fondo del patio dieron con un cuartico milagrosamente en pie.

«Es la fe la que sostiene», sentenció una vieja al abrirles la puerta.

Tenía el rostro manchado desde antes de su nacimiento. Por culpa de un eclipse, del eclipse que su madre preñada se encaprichara en observar. No consultaba ya, o eso les dijo por coquetería de la profesión, para indicar el cansancio de tantos años trabajando en lo invisible.

Desechó enseguida la idea de cobrarles. Ella hacía la caridad, le sobraba de un don y lo regalaba, igual que las vecinas se regalan comida con tal de no tirarla.

Cerró los ojos frente a ellos y, sin dar paso fuera del cuartico, consiguió dejarlos allí a solas. Luego, por el balbuceo de unas frases ininteligibles, se dieron cuenta de que regresaba.

La vieja carraspeó hasta encontrar el tono para hablarles del fondo del mar con iguales palabras a las que Susan escuchara el día de su cumpleaños.

«Lo que tu hijo no te contó», abrió los ojos, «es que en el fondo del mar existe una mujer encadenada».

Volvió a cerrar los ojos.

«No podía habértelo dicho porque fue eso lo que descubrió en el mismo momento de su muerte».

Susan miró a Renán e hizo acopio de fuerzas para averiguar quién era la mujer encadenada.

«La madre de todo, encadenada en el fondo del mar, con una máscara».

La vieja parpadeó como si a sus ojos llegara demasiada luz.

«Los pejes del fondo del mar le han comido la cara, y ella está obligada a esconder su vergüenza detrás de una máscara».

Clavó la vista en el cuadrado de luz que arrojaba la ventana sobre el piso. Su rostro manchado podía ser perfectamente la máscara de la madre de todo.

«Hay quienes se ahogan por querer saber qué hay detrás de esa máscara», dijo. «Y fue lo que le pasó a tu muchachito».

Del patio llegaron las voces de unas niñas que jugaban.

«No vayas a más nadie, mamá», recomendó la vieja. «No dejes que te quiten tu dinero».

Susan volvió a preguntarle por su hijo.

«¡Piensa que está bien!», contestó la vieja como si tal pregunta la hubiese importunado. «Los dioses castigan a algunos para enseguida acogerlos. Ese castigo es elección».

Acercó una mano a Susan y le entregó un montoncito que, cuando ésta quiso sostenerlo, resultó ser nada.

En la despedida, quiso acompañarlos hasta el portón de la ciudadela.

«Ninguna es nieta mía», explicó cuando se cruzaron con las niñas.

«¿Y sabes que vas a tener otro hijo?», le preguntó a Susan.

Ésta sonrió temerosamente.

«¿Te lo habían dicho?».

«Tengo otro hijo ya», se excusó Susan.

La cara manchada de la vieja se detuvo por un momento en Renán, pareció pensárselo, y los despidió con un manotazo de confianza para cada uno de ellos.

«Ustedes tendrán otro», anunció.

Y a la salida del antiguo palacio en ruinas ninguno de ellos dos, ni siquiera Renán, pareció dudar de que así sería. Sólo más tarde alcanzaron a ver lo descabellado del pronóstico, y éste se convirtió en objeto de bromas entre ambos. Sin embargo, Susan nunca dejó de pensar en aquella posibilidad, y algo le hacía sospechar que lo mismo inquietaba a Renán.

«Y ahora él viene a morirse en ese estúpido accidente», lamentó.

Ya no era ni siquiera imaginable la posibilidad de tener un hijo suyo.

«Qué ilusión tan ridícula», se dijo Vladimir.

En reciprocidad, cuando él pidió una bicicleta y Susan comprendió que haría la prueba de la que hablara Renán en la noche de la fiesta, a ella le pareció una tontería.

El sillín estaba mordisqueado por los bordes y uno de los pedales consistía en un pincho donde dificultosamente podría plantarse el pie. La bicicleta, sin embargo, rodaba de maravillas.

Vladimir pedaleó a lo largo de la calle que bordeaba el cementerio y llegó a sentir, no la dificultad de la que Renán hablara, sino una felicidad tan remota como el día en que por primera vez consiguiera sostenerse en equilibrio sobre una bicicleta. Alegría elemental del que corta el viento, la felicidad que el viento brinda al hinchar una camisa.

A cada giro de pedal, se marcaban en su pantalón los billetes doblados, salía de su carrera un afecto generosamente repartido entre todo cuanto encontraba al paso.

A su regreso, Susan aguardó a que bebiera agua fría para preguntarle con sorna si había encontrado algo.

«Nada de lo que Renán me prometió», iba a contestar él cuando sonó el timbre de la puerta y Tunder empezó con sus ladridos.

«¿Qué haces aquí?», oyó decir a Susan. «No me llamaste, no dijiste que vendrías».

Vestido de uniforme militar, el recién llegado entró a la casa como si la visitara a menudo. Tiró al sofá la gorra de su uniforme y sólo entonces se dio cuenta de que Susan tenía visita en la terraza.

«¿Renán?», preguntó a Vladimir.

«No, él no es Renán».

Susan enlazó un brazo del militar.

«Renán está muerto», anunció Vladimir.

El tipo asintió ante esa noticia con la solemnidad de unas honras fúnebres del ejército.

«Entonces tú eres el escritor», dijo al tenderle a Vladimir la mano.

Los tres tomaron un café y Vladimir anunció que se marchaba.

«La razón de mi fiesta», secreteó Susan cuando estuvieron en la puerta del apartamento.

Vladimir pulsó el botón de llamada del ascensor.

«Es médico», confesó ella.

«¿Y ese uniforme?».

Trató, con poca fortuna, de que no sonara como una objeción.

«Médico militar», se explicó Susan. «Fue quien me ayudó en la revisión de Óscar».

El hijo que le quedaba no iría al servicio militar obligatorio. Ella conseguiría mandarlo lejos, sacarlo del país.

«Toma», le alcanzó Vladimir.

«¿Qué es esto?».

«El dinero que te debía».

Susan intentó devolvérselo.

«Tómalo de una vez y estate quieta».

Lo aceptó. Se fijó en Vladimir como si hubiera olvidado decirle algo.

«Está esperándote», le hizo notar Vladimir.

Susan cerró la puerta para abrirla enseguida.

«Además de militar, es casado», contó del hombre que la esperaba adentro.

Vladimir no dijo nada. Como el ascensor demoraba tanto, supuso que ya estaría roto entre dos pisos, así que bajó las escaleras.

En la calle que bordeaba el cementerio no había encontrado nada de lo que le prometiera Renán. Tampoco quedaba rastro de lo que percibiera él mismo un rato antes.

❦

Tuvo que regresar al cementerio con el viejo fotógrafo extranjero.

Acogida al veto religioso que le impedía entrar al lugar de los muertos, la mulatica se dispuso a esperarlos en el bar de enfrente. Y aunque Lula hubiera preferido hacer lo mismo, se vio obligada a acompañar a los dos hombres.

Los detuvieron a la entrada.

«Él tiene que pagar», la mujer a cargo de la puerta del cementerio señaló al fotógrafo.

Echó una mirada devaluadora a Vladimir y a Lula.

«Ustedes no», aclaró. «Pagan sólo los extranjeros».

Tanta pompa de muerte se había convertido en una más de las atracciones turísticas de la ciudad, una playa de la que el mar se retirara dejando aquella franja de estatuas y de cruces. Y Lula consideraba cuando menos inquietante el pasearse por allí sin que los trajera un verdadero compromiso.

«No me gusta venir aquí de gratis», rezongó.

Vladimir restó miedo al asunto:

«Esto es igual a un patio de carpintería».

Lula lo miró sin comprender.

«Puertas acostadas que abren a ningún lado».

Dejaban que el fotógrafo se les adelantara. Tantas cruces debían significar poco para él, denotaban la muerte en un país donde no se consideraba expuesto a tropezar con la suya.

«Por eso le cobraron a la entrada», notó Vladimir. «A ti y a mí van a cobrarnos al final, y no precisamente en dinero».

Lula pasó por alto lo macabro del comentario.

«Pues está muy equivocado si se cree fuera de peligro», dijo del fotógrafo.

De pronto pareció recordar una vieja adivinanza:

«¿Qué es lo único que no tiene por qué entrar al cementerio?».

Vladimir lo pensó un poco y aceptó que no conocía la respuesta.

«La muerte», contestó Lula.

«Claro, la muerte».

Y ellos habían dejado a la muerte del viejo fotógrafo extranjero en el bar de enfrente, tomándose un refresco.

«Porque esa mulatica es la que va a acabar con él», sentenció la misma abogada que los casaría.

Inventando las hipótesis más grotescas en las cuales la mulatica se encargaba de despachar al marido extranjero, Lula se vengó de tener que permanecer dentro del cementerio.

«¿Y ahora dónde se ha metido él?», preguntó al rato.

Lo encontraron de pie sobre una tumba, a la caza de mejor perspectiva. Aun cuando no se compartieran las aprensiones de Lula, resultaba innegable que aquel extranjero tomaba con demasiada despreocupación la visita al lugar de los muertos.

Reunidos otra vez, buscaron sombra. A causa del calor, los monumentos más lejanos parecían ondear en el aire. El viejo se sentó en el piso y empezó a contarles la historia de su vida.

Había conocido la muerte de verdad, no ésta, aparcelada en un cementerio católico. Su oficio le venía del padre, quien había trabajado durante largos años como fotógrafo del ejército. El padre regresaba a casa en sus permisos y el regalo más valioso que traía eran imágenes por revelar, y en esas imágenes los preparativos de la guerra.

No estaba autorizado a sacar nada que contuviera información. De descubrirse lo habrían echado de las filas del ejército, podría haberle costado la vida. ¿Qué razones lo hacían llevar entonces aquellos rollos de película a casa? Tanto tiempo después, su hijo no sabría decirlo.

En el cuarto oscuro la luz teñía de rojo a las fotografías húmedas. El hijo del fotógrafo militar se metía en el cuarto oscuro de su padre como luego en los refugios antiaéreos. En sus días en familia, el padre se comportaba del mismo modo que si no se acercara guerra alguna. Dedicaba atención a las variaciones del clima y al estado de la huerta.

Poseía, tal vez, poco espíritu militar. Si bien velaba por que el pelo de su hijo fuese cortado en un cuartel y desconfiaba de los barberos de paisano, cabeceaba de sueño en las retretas mientras las marchas y otras músicas marciales enardecían al resto de la gente. Su hijo, en cambio, aguardaba con impaciencia por el acercamiento de la guerra.

«Viene ya. Está al llegar», se prometía febrilmente.

La guerra puede resultar benévola si hace desaparecer obligaciones, si cierra colegios. Nunca más la vida del viejo fotógrafo extranjero volvió a ser tan leve como entonces.

Quedó a solas con su madre. La madre padeció de fiebres y murió. Él bajó solo a los refugios. Y un día se encontró con que ya no tenía casa a la que regresar. Terminada la guerra, su padre se vio obligado a vagar en busca de oportunidades y tocó a él acompañarlo.

Los dos quedaron atolondrados ante el panorama de ciudades completamente en pie, intocadas por las bombas. Les parecieron parte de un extraño espectáculo, echaron de menos en ellas las ruinas, los escombros. Extrañaron en aquellas ciudades la realidad, pues saltaba a la vista lo demasiado irreal de una hilera perfecta de fachadas. Al recorrer una calle con todas sus esquinas en pie, creían ahogarse en esa especie de asma que dan los sueños demasiado verosímiles.

No demoraron en abrir un pequeño estudio al que iban a retratarse los contrabandistas de los primeros años de paz.

«La robustez de aquella gente me parecía grosera», recordó el viejo.

Resultaban ser los personajes idóneos para esos decorados de ciudades conservadas, eran actores de un espectáculo que él no lograba entender completamente.

En medio de la guerra, por la época en que todo resultaba más decrépito, le había llegado la sensación de pertenencia a un sitio. Y nunca más volvería a encontrar sabor en lo intacto. En adelante palparía la belleza en busca de sus cicatrices, desconfiaría de lo pulido, de lo sin fisuras. Sus viajes de fotógrafo por el mundo no harían más que procurarle sitios que lo devolvieran a esos años de guerra.

«Salgo al balcón de mi hotel», confesó, «veo todos estos edificios a punto del derrumbe, la ausencia de color en todas las fachadas hasta el mar, y comprendo la belleza de esta ciudad como ustedes no pueden tener idea».

Lula recitó las últimas palabras del fotógrafo y quedaron en el silencio de cuando alguien acaba de contar su vida. Luego los tres buscaron la salida del cementerio.

Un hombre los detuvo al ver que iban con un extranjero. Tendría la misma edad del fotógrafo y llevaba unas gafas de sol juveniles. Se ofreció como guía, podría contarles la historia del cementerio.

Lula le pidió que se ahorrara tantos hechos e hizo que el fotógrafo le diera unas monedas.

El hombre tomó lo que le daban, agradeció y se quedó mirando a Vladimir.

«¿No nos hemos visto antes?», preguntó.

Vladimir le contestó que no antes de alejarse.

Poco antes de llegar a la salida, el fotógrafo dio vueltas alrededor de una sepultura. Vladimir se detuvo a leer el nombre borroso inscripto en ella y el viejo de gafas oscuras recitó el nombre que no llegaba a entenderse en la piedra.

Los había seguido. El fotógrafo le apuntó con su cámara.

«Mejor será que no», declaró el desconocido.

«¿Qué buscas aquí entonces?», preguntó Lula. «¿No te basta con lo que te dimos?».

El tipo echó una última mirada a Vladimir y se esfumó.

«¿De verdad que no lo conoces?», quiso saber Lula.

«Hasta hoy no lo había visto».

El viejo fotógrafo tomó a Vladimir por los hombros y lo situó de manera que su sombra cayera sobre la piedra del sepulcro. Disparó su cámara, y a Lula le pareció de pésimo agüero.

La gorda echó una mirada a su propia sombra. Se apartó unos pasos para que ésta no cayera sobre ninguna tumba, observó con desconfianza la mancha de su cuerpo sobre la tierra. De la que había sido a los veintitrés años, recién graduada de la facultad de derecho, si no delgada al menos no gorda, quedaba bien poco.

Tenía veintitrés, guiaba en misión oficial a visitantes extranjeros. Los llevaba a construcciones disímiles y señalaba al andamio más alto. Si acaso no veían a nadie trabajar allí en ese momento era porque la cuadrilla tomaba un descanso y volvería al poco rato. Construían el futuro, el futuro se encontraba en la punta de aquel andamio.

¿Y en realidad, qué había pasado? Paralizadas todas las construcciones, los andamios habían sido colocados como apuntalamientos. De un día a otro pasaban de levantar andamios a disponer puntales con tal de que todo lo construido no se viniera abajo. Y no quedaba mañana alguno hacia el que señalar.

De vez en cuando, a solas, ella sacaba de su cartera el carné de miembro del partido para sacudirle los pedacitos de galleta metidos entre página y página. Tal como hacía con el viejo fotógrafo, ahora acompañaba a visitantes extranjeros por derrumbes. Derrumbes o alguna restauración era cuanto tenía para mostrar. Y se había hecho a la idea de vivir sin mañana.

Cuando se le volvía demasiado bochornosa su manera de ganarse la vida y precisaba de orgullo frente a sus clientes extranjeros, hacía la alabanza de la fuerza interior que aún guardaban las personas.

«Tienen que mantenerse firmes», la despedían sus clientes en el aeropuerto.

«Si al menos pudiera mantenerme en este peso y no subir más», era el único pedido de ella.

Porque ya no confiaba más que en sí misma, en su propio entusiasmo. Necesitaba grandes dosis de entusiasmo para levantarse cada mañana, mucho entusiasmo al cruzar una pierna sobre otra, los muslos untados en aceite mineral para bebitos.

«Puertas que abren a ningún lado», había dicho Vladimir.

«Esta época…», se dijo Lula.

Vladimir la escuchó suspirar y se dio cuenta de que ella estaba lejos.

«Esta época que obliga a caminar entre tumbas», completó Lula su pensamiento.

El fotógrafo se les había adelantado otra vez, ella echó una ojeada a Vladimir.

Nada resultaba mejor, dado los tiempos que corrían, que el arte. El arte no debía fidelidad a nada, gracias a él podía abjurarse de una fe anterior y seguir conservando la razón.

«Porque el problema está en tener razón», determinó Lula. «En seguir teniéndola».

Siempre la habían emocionado las banderas al viento, los carteles que ocupaban fachadas enteras en las plazas, los himnos… Y ¿qué eran banderas, carteles e himnos, sino piezas del arte más temerario, del kitsch?

Lo suyo había sido desde siempre un entusiasmo artístico.

«Me arrastra desde niña algo sinfónico», se dijo.

Tenía tanta música adentro, y tan pocas ocasiones de verterla, que hubiera sido capaz de emborrachar a un coro.

Salió del cementerio tan absorta en estos pensamientos, que casi tumba a un joven que entraba. E iba a pedir disculpas a ese joven cuando divisó que, en el bar de enfrente, un hombre abandonaba la mesa de la mulatica.

La abogada consiguió llegar al bar antes que el viejo fotógrafo, e hizo desaparecer el vaso que el hombre dejara.

«¿Vladimir se quedó adentro?», preguntó la mulatica.

Sólo entonces notó Lula que Vladimir no los acompañaba.

«Si hubiera salido del cementerio yo lo hubiera visto desde aquí», afirmó la novia del fotógrafo.

En otras circunstancias, Lula se habría dedicado a calcular qué había hecho retroceder a Vladimir. Habría relacionado su desaparición con aquel joven con quien ella tropezara al salir del cementerio. Pero el engaño de la mulatica, el peligro de que la boda entre ésta y el fotógrafo no fuera a producirse, la entretuvieron.

Y un minuto más tarde llegaron las cervezas.

ɔ

Lo mismo que el viejo fotógrafo extranjero, Vladimir se debía a un acto de belleza ocurrido cuando era muy joven. Se debía a un rostro despejado, casi sin expresión, a la movilidad de unas pupilas en las ranuras de los ojos, a unos dientes pequeños y a la mancha de color de la lengua, rojísima en contraste con encías casi blancas.

«Miranda», podía nombrarlo.

En ocasiones había visto reaparecer esos rasgos, había perseguido en gente desconocida fragmentos de Miranda.

Eran reapariciones que anulaban el paso del tiempo, que llevaban al origen, a la fijación de un rostro en la memoria. Y cada una de ellas venía a demostrarle que no existía más vida que unos pocos minutos aislados, protegidos por gruesas capas de aburrimiento y hábitos, por días sin sentido.

Cuando las cosas no podían marchar peor, Vladimir se acogía a la esperanza de que entre la gente, en alguien, iba a reaparecer un poco de Miranda. Y ese muchacho con quien Lula tropezara a la salida del cementerio le había parecido, en el poco tiempo que tuvo para verlo, no semejante a Miranda, sino Miranda mismo con unos años más.

Dentro del cementerio las calles tenían las mismas denominaciones en letras y números que en la ciudad de afuera. Vladimir buscó al muchacho en todas direcciones, y a la hora de cerrar alguien tuvo que avisarle de que era hora de marcharse.

«Tienes que salir, criatura», le anunció el viejo a quien el fotógrafo entregara unas monedas.

En sus palabras había un tono de complicidad que molestó a Vladimir.

«Se ve que no encontraste lo que estabas buscando», afirmó el viejo.

En el bar de enfrente no quedaba ya ninguno de sus acompañantes. De regreso a casa, Vladimir se metió en un cine.

La mayoría de las butacas estaban ocupadas. Él tuvo que sentarse tan cerca de la pantalla que a su alrededor sólo quedaban unos cuantos fenómenos de optometría.

Aquél no resultaba el mejor rincón desde donde seguir la película y, más que ésta, lo que llamó su atención fue la superficie donde proyectaban imágenes. Llegó a descubrir en la pantalla un largo remiendo. La oscuridad de algunas imágenes lo disimulaba, las escenas donde caía cielo o piel encima de él conseguían hacerlo reaparecer.

Desentendido de las persecuciones de autos, de los disparos y de las escenas donde los protagonistas se abrazaban, todo el entretenimiento consistió para Vladimir en las apariciones y desapariciones de aquella costura. Un auto incendiado que se hundía en el mar por tercera o cuarta vez le sirvió para darse cuenta del tiempo que llevaba dentro del cine.

Los fenómenos de optometría habían sido reemplazados por gente que se masturbaba o masturbaba al espectador de al lado. Las filas superiores de butacas se hallaban vacías del todo. Afuera era de noche.

Él había entrado a la oscuridad de la sala con el propósito de encontrarse, al salir, en otro día. Sin embargo, la única sorpresa recibida era el escamoteo de unas cuantas horas, la tarde convertida en noche.

Se detuvo a comer algo y comenzó a llover. Él pidió una cerveza y se dedicó a esperar.

Al abrir la puerta de su apartamento, el viento arrastró unas páginas. Llegaron hasta sus pies como si se tratara de una camada de cachorros que le daba la bienvenida. Y Vladimir entró a su dormitorio para encontrar un reguero de hojas sueltas que llenaba todo el piso, un montón de tapas de libros en una esquina de la habitación.

Revisó la cocina, el baño, salió al balcón. Examinó el cierre de la puerta del apartamento sin encontrarle daño alguno. El dinero entregado como adelanto por el fotógrafo extranjero permanecía en su sitio, toda su ropa se encontraba tal como la dejara. Quien hubiera entrado allí mientras él estaba afuera, la había emprendido solamente con sus libros.

❧

«Tenemos que bajar», le pidió a Susan.

Ella preguntó si no podía contárselo allí, en la terraza, y Vladimir negó sin apartar los labios del vaso de agua.

Cargaba una mochila, lo habían extenuado tantas escaleras, hubiera querido descansar un poco, pero lo que tenía que contarle los obligaba a salir. No quería tratar aquel tema dentro de la casa.

«Bajaremos entonces», decidió ella. «Tunder, ¿dónde estás metido?».

Tunder permanecía echado bajo uno de los muebles de la sala. Escuchó que lo llamaban, sacó la lengua y comenzó a amoldarse con saliva los pelos de sus patas delanteras. Había notado la llegada de Vladimir, pero el calor era demasiado para hacer alharacas. Hasta que, al final, su dueña hizo sonar la correa con que acostumbraba a pasearlo y él terminó por entregarse.

Salieron al sol, Tunder olisqueando muros, obligándolos a detenerse para marcar con orine los rincones. Cruzaron la puerta del cementerio y, como de costumbre en sus paseos, Susan liberó al perro.

«Tienes muy mala cara», comentó ella por tercera o cuarta vez. «¿Es que no dormiste nada?».

«Estuve ayer aquí», contó Vladimir.

Caminaban por la avenida principal hacia la capilla.

«Espero que no sea eso lo que tienes que decirme», le advirtió Susan.

La capilla se alzaba en la intersección de las dos avenidas principales. Llegaron a ella y buscaron en su arcada un tramo de sombra.

«Vine ayer por mi trabajo con el fotógrafo y tropecé con alguien».

Susan observó a Vladimir con suspicacia.

«No es lo que te imaginas», la atajó. «Pero que me haya encontrado aquí con alguien no es tampoco lo que quiero contarte. Estuve aquí unas horas, no salí de muy buen ánimo, y al irme a casa entré en un cine. No tenía otro sitio a dónde ir, así que me metí en el cine».

«Vladimir», interrumpió ella, «¿podrías ir al grano?».

Quizás no, quizás lo que tenía que contarle no podía avanzar de otro modo que a través de rodeos.

45

«Lo que quiero decirte es que pasé casi todo el día en la calle», resumió, «y al regresar me encontré con que habían entrado a mi apartamento».

Susan lo miró extrañada.

«¿Quieres decir que te robaron?».

Vladimir negó con la cabeza y declaró que allí empezaba lo raro. Quería saber si ella estaba preparada para lo que tenía que contarle.

«¡Acaba de una vez!», tuvo que apurarlo.

«El dinero estaba en el mismo lugar donde lo dejé», comenzó a enumerar él. «No cargaron con nada de mi ropa. Los únicos aparatos que tengo, el refrigerador y el ventilador, siguen en casa».

Pensó si olvidaba algo.

«Y no forzaron la cerradura».

«Entonces», consideró Susan, «¿cómo puedes saber que alguien entró estando tú afuera?».

«¿Cómo lo sé? Porque destrozaron todos los libros que tenía al lado de mi cama… Todos. Rompieron las páginas. Me encontré el cuarto como si hubieran limpiado maíz, lleno de hojas sueltas».

«¿Y avisaste a la policía?», se apuró a solucionar Susan.

Vladimir la miró con los ojos muy abiertos. ¿Podía imaginar ella cómo iban a tomar en una estación de policía la denuncia por unos libros rotos? Pegó una palmada en la mochila.

«Eché aquí todo lo que tengo, y me fui».

«¡Tunder!», gritó Susan.

Tunder hociqueaba el cuerpo de un pájaro muerto, alzó la cabeza al llamado de su dueña, y abandonó el hallazgo.

Al regresar a la conversación, Susan hizo notar lo ridículo de que alguien se metiera en casa ajena para destruir unos libros.

«¿A quién le has dado llave de tu apartamento?».

«A nadie».

«¿Seguro?».

Él comenzó a impacientarse. Había buscado a Susan para compartir el asombro o el miedo, ella no tenía por qué ofrecerle ahora nuevas hipótesis.

«Si pudiera cambiar las cosas con una simple suposición», indicó un tanto molesto, «ya se me habría ocurrido».

Durante toda la noche sin dormir había pensado aquello de mil formas.

«Explícame entonces qué fue lo que sacaste en claro», demandó Susan.

Vladimir asintió.

«Creo que unos ladrones no correrían el riesgo para luego no cargar nada».

«Te habrían roto la cerradura», convino ella.

«Descuenta entonces a los ladrones. Si nadie más que yo tiene llave del apartamento, nadie más, ¿qué nos queda?».

Susan miró a Tunder y luego a Vladimir. Preguntó si era por eso que le había pedido que bajaran.

«Por eso».

«No puede ser, Vladimir. Es…», hizo un movimiento indeciso con la mano. «Vamos a pensarlo, ¿quieres? Vamos a pensarlo un poco».

Su propuesta consistió en quedarse en silencio durante unos minutos.

«¿Qué podían buscar entre tus libros?», preguntó al fin. «¿Qué creían que iban a encontrarse?».

Vladimir alzó sus hombros para dejarlos caer.

«No sé. Hace días tuve en casa una carpeta de fotos que no se han publicado. Lo único que se me ocurre es que me hayan relacionado con ese fotógrafo extranjero…»

«¡Pero si en esta ciudad no cabe un fotógrafo extranjero más!», interrumpió Susan. «Siguen viniendo a comer su carroña, medio mundo anda con ellos y no pasa nada…»

Sacudió negativamente la cabeza.

«Si buscaban algo entre tus cosas, lo normal es que dejaran todo tal como lo encontraron».

«¡Lo normal!», se alarmó él.

«A menos que quisieran dejarte una advertencia», consideró Susan.

«¿Dejarme una advertencia?».

«Una advertencia, sí».

«En todo esto hay una cosa que sí sé», Vladimir alzó la voz. «Si te pones a pensar en lo normal de sus circunstancias, ya estás perdida. No hay que ponerse en el lugar de ellos ni siquiera como hipótesis».

«Está bien, pero habla en voz baja».

«¿Y sabes por qué?», preguntó él menos a Susan que a sí mismo. «Porque cabe la posibilidad de descubrir que el mundo visto por sus ojos no es tan diferente del que vemos tú y yo. Su trabajo podría parecer un trabajo común, ni más ni menos que el de los mecánicos o el de los camareros. Y estarías dispuesta a reconocer que, en ocasiones, casi resulta un arte».

Quedaron en silencio. Siempre que transcurría un tiempo sin noticias de este tipo, cuando se pensaba haberlas dejado atrás, sucedía alguna.

Ella soltó un bufido que levantó una mecha de su pelo.

«Tengo que sacar a mi hijo Óscar de esta mierda», murmuró.

Muchos años antes, al anunciarle que esperaba un segundo hijo, el padre de sus dos varones le había preguntado si acaso estaba loca. Pero, aun cuando el mundo no tuviera remedio, ella creía que parir era atravesar por una locura necesaria, así que parió a Óscar. Entonces le había correspondido traerlo, y ahora era el turno de enviarlo lejos con tal de que el muchacho no se ahogara.

«¿Y tú qué vas a hacer?», preguntó a Vladimir.

Los dos sabían que no podía hacerse nada. Por allí soplaba fresco, era tal vez el único lugar del cementerio donde la temperatura resultaba pasable.

El viento movió unas briznas de hierba quemada y Vladimir pensó en la irrealidad de todo aquello. Con una mano de Susan en la suya y la cabeza sobre la mochila, comenzó a quedarse dormido.

«No irás a dormirte aquí».

Le prometió a Susan que sólo cerraría los ojos por unos minutos.

«No vayas a dormirte aquí, Vladimir. No en el cementerio».

Él no alcanzó a escucharla. Lo sacaron del sueño los ladridos de Tunder.

«¡La manada, Vladimir!».

Susan buscaba por los alrededores algo con qué defenderse.

«¡Coge un palo, una piedra, que acaban con él!».

Vladimir corrió tras ella sin entender lo que ocurría, sin haber salido totalmente del sueño.

Encontraron a Tunder en posición de pelea, ladrando hacia una callejuela entre dos panteones. Susan consiguió ponerle la correa. Tunder comenzó a dar saltos y a soltar quejidos, y tanto Susan como Vladimir alcanzaron a reconocer el modo que el animal tenía de saludar a Renán cuando llegaba éste.

«Vámonos de aquí ahora mismo», murmuró Susan.

Vladimir, sin embargo, se metió en el espacio angosto entre los dos panteones.

De un tirón que echó por tierra a su dueña, Tunder escapó. Pasó como una flecha junto a Vladimir y dio con lo que perseguía.

«¡Quédate quieto tú!», indicó Vladimir a la sombra que el perro acorralaba. «¡Él no va a hacerte nada! ¡No hace nada!».

Susan llegó a tiempo para hacerse cargo de Tunder, y Vladimir dio unos pasos hacia el desconocido. Pero éste no dejó que Vladimir se le acercara, se largó a la carrera.

Cuando Susan, guiada por los tirones de Tunder, dio de nuevo con ellos, un negro mantenía a Vladimir inmovilizado contra un muro. Y, sin que la amenaza del perro pareciera importarle, soltaba a Vladimir para irle arriba a Susan.

«¡No es ésa!», advirtió al negro el primer desconocido.

Vladimir caminó otra vez hacia éste, consiguió tenerlo delante, y desechó la idea de que se pareciera a Miranda.

Detrás del muchacho había un árbol. Posiblemente un laurel, Vladimir nunca estaba seguro de identificar árboles. El viento removió las hojas del probable laurel, Vladimir se fijó en aquel rostro y encontró de nuevo el parecido.

«Cuidado con su perro, señora», escuchó decir al negro.

Tunder procuraba pelea todavía.

«Mejor será que ustedes se vayan», recomendó Susan a la extraña pareja.

«Fue una equivocación», se excusó el negro.

Los ojos del muchacho, tan parecidos ahora a los de Miranda, reaccionaron como si hubieran recibido una puntada en cada párpado.

Cuando ya no lo tuvo delante, Vladimir atendió a cada detalle del árbol. Tunder ladró hasta que los desconocidos se perdieron de vista.

Susan preguntó quiénes eran y él la miró como acabado de salir de un sueño.

«Ya conocías a uno, ¿no?».

«Estaba espiándonos», afirmó Vladimir.

«¿Que nos espiaba?».

Susan empezó a soltar risitas nerviosas.

«¿De qué te ríes tú?».

«Es el dolor de las rodillas, te lo juro».

Le costaba bastante caminar después de la caída. Pero no quiso que él la ayudara a subir hasta su apartamento, podría valerse sola.

Tunder subió los primeros escalones y miró a su dueña.

«Fue como cuando llegaba Renán», dijo ella.

Vladimir asintió.

«Nunca se portó así más que con Renán. De pronto tuve miedo...»

Cansado de esperar, Tunder desapareció escaleras arriba.

«¿Y tú a dónde vas con esa mochila?», preguntó Susan como si acabara de encontrarse con Vladimir. «Vamos arriba».

Él decidió que no.

Tendría que volver a su apartamento antes de que anocheciera. No quería que luego se le hiciera más difícil.

❧

Diez años antes, había puesto su firma en una carta pública.

Llamarla pública resultaba pura pretensión, ya que supieron de ella únicamente unos cuantos artistas y escritores jóvenes, y el departamento de la policía secreta que atendía a éstos.

Vladimir no alcanzaba a recordar con exactitud el contenido de la carta, y estaba seguro de que ninguno de los firmantes guardaba ejemplar.

«Tendrán copia en los archivos de la policía», supuso.

Antes de que fuera enviada, muchos de sus firmantes recibieron visitas de policías de civil y, al salir de esas conversaciones, buscaron pretextos para retirar sus firmas. Decían concordar con mucho de lo expuesto en la carta, pero lamentablemente no con la totalidad de ésta. Y desconfiaban de aparecer en un documento público junto a ciertos nombres. Porque, ¿quiénes eran ésos dentro de la vida artística y qué peso tenía lo que creaban? Para que el gesto de componer una carta con reclamos políticos fuese tenido en cuenta, los firmantes tendrían que ser legitimados.

El nombre de Vladimir resultó ser uno de los primeros en cuestionarse. ¿Era de verdad un escritor? ¿Y qué había escrito?

Sin galardones ni premios, ¿en cuál revista podrían encontrarse sus poemas o sus cuentos? ¿No estarían equivocando, Vladimir y otros, el alcance de la carta, cuando lo que tendrían que exigir era alguna publicación que se ocupara de ellos, la redacción de una revista que los cobijara? ¿No estarían sumándose por resentimiento?

«¿Desde dónde reclamar sino desde el resentimiento?», se preguntó entonces Vladimir.

A él no fue a visitarlo ningún policía de civil. Al parecer, el trabajo policial consistía únicamente en despojar de nombres importantes aquella provocación política. Cuando solamente estuviera firmada por gente dudosa o desconocida, permitirían que la carta circulara un poco. No existía espectáculo más reconfortante que el de lo desmembrado arreglándoselas como pudiese.

La media docena a que quedó reducido el número de firmantes se dedicó a la revisión del texto. Limaron sus peticiones, calcularon las consecuencias de cada frase. Con tal de demorar el momento de envío dieron la bienvenida a cualquier discrepancia, discutieron largamente. Y, en medio de esas discusiones, se les juntó un séptimo firmante.

«Mal número el siete», comentaron. «Van a hacernos el caso del culo».

Sospecharon del último en llegar, enviado seguramente por la policía. Cada uno de ellos colocó sus sospechas en los otros seis. Empezaron a reunirse en parques por temor a ser escuchados, cada vez en un parque distinto.

No podían confiarse las cosas en que pensaban cuando no conseguían dormir. Los pintores no habían celebrado su primera exposición, los escritores no tenían publicados más que algún poema en revistas de poca monta. Quizás en el fondo tenían razón quienes habían cuestionado la participación de ellos en aquella empresa. ¿A santo de qué se permitían importunar quienes ni siquiera habían dado prueba de existencia?

Jugaron a colocarse en el lugar de los funcionarios que recibirían la carta, intentaron observar desde el poder el grupito que hacían.

«Pero esos funcionarios no son el poder», protestó uno de los siete.

«Poder es relación, el arco que va de ellos a nosotros», consideraron en una balística que a la larga los aniquilaría.

«¿Nadie es poder entonces?», quiso saber el último en llegar.

Pues resultaba muy frustrante dirigir una carta al vacío, escribir a la nada.

«¿Nadie está en el poder?».

«El poder no vas a encontrarlo en ningún lugar».

Podían empeñarse en una interminable discusión teórica.

«¿Y por qué no abandonamos de una vez este asunto de la carta?», era la pregunta que cada uno esperaba de los otros.

Sin embargo, no llegaron a escucharla. Aquel documento iba a salir de ellos, cada uno responsable de una copia. Podrían acobardarse varios y destruir las copias a su cuidado, que uno solo que cumpliera su misión los lanzaría a todos.

Vladimir echó su copia en el buzón de un ministerio. El viento norte soplaba entre los edificios de gobierno. La carta había sido escrita en el verano y ya entraba el invierno.

Transcurrieron tres días. Conocían que cuando la calma se adensara al máximo, la respuesta caería como un ciclón. Fueron, mientras tanto, a comprar unas botellas. Mencionaron, entre trago y trago, a quienes habían puesto sus firmas para retirarlas a la primera presión. El alcohol o la enumeración de tantas cobardías los envalentonó, consiguieron la borrachera que sirve para sortear un ciclón.

El alcohol fue capaz de enseñarles que el mundo era regido por cierto orden, invisible de tan evidente, en el que cada uno estaba comunicado con todo lo demás. Tendría, pues, que existir entendimiento entre ellos y los destinatarios de la carta.

«¿Quién era el que decía que poder es relación?», se burlaron entre ronda y ronda. «¡Poder es esto!».

Y alzaron la única botella que les quedaba.

Cuatro días después de haber echado su copia en el buzón de un ministerio, Vladimir recibió la notificación de que era expulsado de la universidad. La decana de su facultad universitaria agitaba una copia de la carta.

«Desde que me llegó estoy preguntándome», chilló, «por qué usted no dirigió estas inquietudes a su organización estudiantil».

Como él no diera señal de querer responderle, la decana chilló de nuevo. Las costuras que entallaban su traje sastre pudieron contenerla de milagro, y agitó tanto la carta que se le abrió el cierre de la pulsera del reloj.

«¡Es de una ingenuidad tremenda esto que ha hecho, Vladimir Varela Quintana!».

Cerró la pulsera de su reloj y tomó de la mesa la sentencia que acababa de firmar. ¿No quería carta? ¡Ahí tenía él esta otra!

«Constará en su expediente», declaró la decana.

Entre las páginas del expediente que iba a arrastrar hasta su muerte, se pondría amarilla la orden que le negaba acceso a estudios superiores.

«¿Ves lo que te has hecho, Vladimir?», lamentó junto a él, en un parque, un policía vestido de civil.

Ahora sí se ocupaban de hablarle.

«Un escritor puede vivir sin título de la universidad», pareció consolarlo el oficial. «No hay facultad que enseñe el oficio de escritor».

Tiró su cigarro sin acabarlo de fumar.

«Los pintores, los bailarines, los músicos, los actores, pasan por academias. Los escritores no».

Era evidente que el hecho de que ninguna facultad universitaria legitimara escritores causaba molestias a los de su departamento. Exigía de ellos el trabajo de peritos en arte.

«¿Cómo prueba alguien que es un escritor? ¿Quieres decírmelo?».

«Escribiendo, supongo», contestó Vladimir.

Aquel oficial consideró que no era suficiente.

«Yo he hablado con muchos escritores», confesó después de una pausa. «Por mi trabajo y por interés propio, porque me gusta la lectura».

«Va a decirme que también escribe», pensó Vladimir.

«Incluso de vez en cuando llego a garabatear alguna frase», aseguró el oficial. «Pero eso no me hace escritor. Siento muchísimo respeto por el trabajo que hacen artistas y escritores. Los artistas y los escritores construyen un mundo».

Reconoció esto último con cierto cansancio. Un oficial tenía mucho trabajo cuando a escritores y a políticos se les ocurría construir la misma cosa.

«Y lo que verdaderamente prueba que alguien es un escritor», soltó al fin, «es la publicación de sus libros».

Sentado al lado suyo en el parque, Vladimir se mostró de acuerdo.

«Tú», hizo notar el oficial, «no has publicado ningún libro».

«No».

«¿Y eso no te preocupa?».

«No».

«Bueno, sí», rectificó enseguida.

Detrás de los siete firmantes de la carta no existía ninguna embajada extranjera, no había complot. El interrogatorio podía discurrir como una conversación amistosa.

«No malgastes entonces la fuerza que tienes», recomendó el oficial. «Concéntrala».

Cerró el puño. Podía tratarse del legado de un profesor de artes marciales a su discípulo favorito.

«Y déjale la política a los que estén seguros de salir enteros de ella».

El oficial abrió la mano y se dedicó a admirarla tan completa, con sus cinco dedos. Luego garabateó algo en una hoja de su agenda.

«Acaba de ocurrírsele una frase», supuso Vladimir, «y no querrá perderla».

«Ha resultado muy constructiva esta conversación», dispuso el oficial. «Yo estoy seguro de que vas a pensar en lo que hablamos».

Desprendió la hoja de su agenda.

«Aquí está mi teléfono. Si quieres consultarme alguna cosa, si alguien te molestara, no dudes en llamarme».

Vladimir pensó que debería existir alguna confusión cuando aquel oficial lo trataba como a una víctima de acoso.

«Me gustó mucho conocerte, Vladimir. Ahora voy a esperar por tus libros».

«¿Esto es todo?», se preguntó él.

Supuso que algo más ocurriría en cuanto se considerara fuera de peligro. Y no demoraron en llamarlo desde la asociación de jóvenes escritores.

«Estamos en crecimiento», anunciaron del otro lado del teléfono.

Las conversaciones resultaban constructivas, las asociaciones estaban en crecimiento… ¿hacia dónde iba todo?Los de la asociación de jóvenes escritores deseaban que él se les sumara, que mostrara lo que escribía.

Estaban dispuestos a publicarle un primer libro, le ofrecerían algo para que luego temiera perderlo. La próxima vez lo pensaría dos veces antes de aventurar su firma en una carta.

«Estaremos aquí», afirmó la voz del teléfono, «pasa cuando tú quieras».

Vladimir no pasó nunca. Salvo algunos trabajitos en revistas poco importantes, no publicó nada más. Sus esperanzas de que las cosas pudieran cambiar menguaron hasta casi desaparecer.

Y ahora, años después, sin causa aparente, la policía secreta volvía a por él.

Enfrentado otra vez a la destrucción de sus libros, decidió librarse de aquellos restos.

Echaba en un saco las páginas rotas cuando un cuadernillo llamó su atención. Venía de un libro comprado en librería de segunda mano y llevaba un subrayado ostentoso en la primera de sus páginas. La tinta del subrayado era de un azul convertido en violeta por el tiempo.

Vladimir revolvió el montón de papeles sin hallar otra parte de aquel libro.

«En esta tierra, que sepamos, no hubo más auto de fe que uno celebrado a fines del siglo XVI», decía el subrayado.

Allí se hablaba de dieciocho hombres quemados por el cargo de amujeramiento.

«Cayo Puto», leyó el nombre del lugar donde encerraran a aquellos hombres hasta la ejecución.

No conocía lugar llamado así. Y era extraño que esas páginas vinieran del libro robado por Renán la última noche.

El lugar más imposible

En el internado los llamaban por los apellidos. Era la primera señal de que aquel lugar no iba a ser, de ningún modo, la casa de la que venían.

«Sólo tres o cuatro de ustedes llegarán a la universidad», pronosticó el administrador el primer día.

Les entregaba sábanas y toallas, mosquiteros y uniformes de talla aproximada.

«Los demás van a ser nadie», siguió con sus vaticinios. «E incluso a alguno lo espera ya la cárcel».

A quién correspondería cada papel era difícil suponerlo tan pronto. Pero todos los años esos mismos muchachos recién llegados aprendían el modo de entrar al almacén para robarle. Y el administrador no se fiaba de ninguno por lloroso que estuviera.

Las suyas fueron las primeras de muchísimas amenazas semejantes que recibieron. Existía en ellos algo a punto de malograrse, a punto de hacer un desvío cuando mejores encauzados parecieran. Y la educación consistía en inculcarles miedo a no llegar a ser.

«Tú», el administrador llamó al de pelo revuelto que sobresalía de la fila. «Hay un espejo allá».

Señaló al fondo del almacén y le puso en la mano un peine.

«Anda, arréglate ese pelo por última vez».

Del almacén los enviaban a la barbería. Los alumnos de cursos superiores, apostados a la entrada de ésta, iban a enseñarles la vergüenza de tener orejas sobresalientes de las cabezas rapadas.

Muchos de los recién internos no habían salido nunca de la ciudad. Todavía un verano antes jugaban como niños y ahora tendrían que soportar los trabajos del campo.

«Ustedes van a hacerse hombres y mujeres», confirmó el director. «Y para convertirse en mujeres y en hombres tienen que aprender a trabajar».

Por el momento se encontraban en una zona de tránsito peligrosa. El director los arengaba desde una tribuna y su discurso continuó con elogios del trabajo físico y de la combinación de éste con el aprendizaje en las aulas. Alrededor suyo se apiñaban los maestros, y resaltaba entre éstos uno de pelo decolorado, rubio casi blanco, a quien Vladimir ya conocía.

«Es mi hijo», había dicho al maestro de natación el padre de Vladimir. «Y va a salirte bueno».

El maestro respondió con una ojeada apreciativa a brazos y piernas del muchacho. Prometió que lo tendría en cuenta y pasó a otro grupo.

«Estuve a punto de casarme con una hermana suya», recordó el padre de Vladimir. «Fue antes de conocer a tu mamá».

«Tú y yo no hemos hablado de muchas cosas», percibía ahora que su hijo se marchaba. «Tenemos que hablarlas algún día. Cuando vuelvas».

Con sólo alejarse de casa, Vladimir iba a recibir conocimientos que facilitarían ese diálogo. Lo harían capaz de entender a su padre. Cualquier cosa que la adultez significara empezaría a ocurrirle.

Sin embargo, la conversación entre ellos nunca tuvo lugar. A punto de perder a su hijo de vista, lo único que de veras interesó al padre fue encomiarle la importancia de pelear, de devolver golpe por golpe, de ser fuerte y ganarse un espacio.

«Tu espacio, el que los demás no puedan quitarte».

«No te rajes», fue la consigna que le pasó antes de darle el beso de despedida. «No vuelvas a casa», quería decir.

«Quienes terminen aquí sus estudios van a conseguirlo», continuaba el director su discurso.«El resto volverá a sus casas a jugar con los hermanitos menores».

Cada uno de ellos se echó a reír para demostrar que no los aludía, y el director pasó a la presentación de los maestros.

Quien dirigía la cátedra militar hizo un gesto de pase de revista a las filas de alumnos, y cuando llegó el turno al maestro de natación éste saludó a la manera de los trapecistas en el circo, alzando los dos brazos.

Luego despacharon las filas de alumnos hacia los dormitorios, los más decididos eligieron cama arriba en las literas y Vladimir se portó como uno de ellos. Mientras no estuviera claro quién era quién, habría que estar pendiente de lo que los demás pensaran, era preciso vigilarse uno mismo.

Entraban en la adolescencia, sobreactuaban. Tal como le había advertido el padre, tendría que pelear por su acomodo, por dejar marcado límites. Salían de sus casas para descubrir quiénes eran, y no iban a conseguirlo mirándose hacia adentro, donde nada encontrarían. Estaban en un internado porque eran nadie, o para aprender a serlo definitivamente. Se enfrentarían a los otros, achacarían a los demás sus propias inconsistencias. Se golpearían en los demás.

Examinaban ya a quienes tenían más cerca cuando entraron los de cursos superiores.

«¡Todo el mundo a las duchas!».

Traían dos mangueras y empujaron a los nuevos hacia el baño.

«¡A quitarse la mugre de sus madres!».

Acabarían con todo el que ofreciera resistencia.

«¡Sin ropa, que no son niñas!».

Arrinconaron a los primerizos y conectaron las mangueras.

«¿Quién de ustedes es el hermano de Rueno?».

El más alto de los novatos, a quien el administrador entregara un peine, iba a ser el único en salvarse. Lo sacaron del grupo.

«¿Director? ¿Qué director?», interrogaron a uno que balbuceaba entre lágrimas. «¿De qué director tú hablas?».

«¡El director de ustedes está aquí!», enseñaron la punta de las mangueras.

Los nuevos se empujaron para evitar ser de la primera fila.

«Vamos, apriétense, vayan conociéndose».

«¡Primero hay que darles jabón!», reclamó alguien.

Echaron atrás las mangueras y frente al grupo apiñado vino a formarse una fila que cargaba cubos. Los de la fila se pusieron de acuerdo y, a un conteo, un latigazo de agua pestilente cayó sobre los nuevos. El jabón era orine.

«¡El desfile, el desfile!», corearon los mayores cuando ya no pudieron sacar diversión de remojarlos.

Entonces los hicieron pasar entre dos filas, y los golpes iban dirigidos principalmente a las nalgas.

«¡Que nadie se vista!», les advirtieron en cuanto regresaron a sus camas. «Los que no tengan pendejos van a limpiar las duchas».

Pasaron examen litera por litera. Hubo quien se sabía sin pelos y, no obstante, volvió a revisarse.

«¿Y tú qué crees? ¿Que salen de un minuto a otro?».

A Vladimir le brillaba una pelusa rubia, casi invisible. Levantó la mirada a la espera del veredicto y descubrió, por encima de sus examinadores, la cabeza decolorada por el cloro.

«¿Y aquí que pasa?», preguntó el maestro de natación. «Vladimir, ¿tienes algo ahí que los demás no tengan?».

«Estábamos», explicaron los mayores, «organizando con los nuevos la limpieza de las duchas».

El maestro de natación echó una mirada general.

«¿Ya está organizada entonces?».

Los alumnos de cursos superiores contestaron afirmativamente y el maestro aceptó el reparto que hubieran realizado.

«Quienes tengan que limpiar las duchas, ¡manos a la obra!», apuró. «Para los otros ya está abierto el comedor».

Vladimir bajó a hacer la cola. Pasó su racha de vergüenza y le quedó el orgullo de que aquel maestro que saludaba como un trapecista hubiese recordado su nombre.

Después de la comida se dedicó a recorrer los pasillos, a descubrir el internado. Atendió a una partida entre dos ajedrecistas, vio caer la primera noche fuera de casa y, poco antes de la hora en que apagaban las luces, descubrió que en su litera faltaba la colchoneta.

«Tengo dos aquí», le advirtió Rueno desde la litera de enfrente, «pero ninguna es la tuya».

Levantó la sábana para que viera que ninguna llevaba el estampado de la colchoneta perdida, y sonrió como si estuviera estafándolo.

«¿No viste al que se la llevó?», preguntó Vladimir.

La sonrisa de Rueno se hizo mayor y negó con la cabeza.

«Tuviste que verlo».

Rueno estiró brazos y piernas.

«¿Vas a discutírmelo?».

Tenía un hermano mayor allí en el internado, resultaba el más fuerte de su curso, y no pondría reparo a que vinieran a discutirle algo. A él no le habían orinado encima, nadie le había tocado las nalgas.

«Si te robaron tu colchoneta, tienes que robarte otra», fue su lección desde lo alto de la litera.

Vladimir entró a otro dormitorio y cargó con una. Ya la vestía con su sábana cuando el dueño vino a reclamarla.

Rueno observó al recién llegado y a Vladimir, y supuso que ambos le ofrecerían el espectáculo de una pelea. Pronto, sin embargo, se sintió defraudado y tuvo que tomar la discusión a cuenta suya.

«Sal de aquí», ordenó al que reclamaba. «Vete a buscar tu cama a otra parte».

Al dueño de la colchoneta no pareció importarle Rueno. Se comportaba como si Vladimir y él estuvieran solos y pudieran discutir su asunto con palabras.

«Te vi llevártela», insistió.

Rueno saltó de su litera y lo sacó a empujones del cubículo. Seguro de que aquello no daría para más, volvió a treparse a su cama de doble colchoneta.

Vladimir terminó de preparar la suya. Pegado a una columna, el muchacho esperaba aún por él.

«¡No estoy dentro!», declaró ante las amenazas de Rueno.

Tocó la columna, el límite que respetaba.

Rueno chistó, francamente molesto.

«Oye, ¿ésa no es tu colchoneta?», preguntó a Vladimir. «¡Acaba de decírselo a éste para que se vaya!».

Vladimir miró a uno y a otro. No le agradó obtener simpatía de Rueno y, menos por justicia que por tal desagrado, prestó atención al que esperaba junto a la columna.

Meses más tarde, cuando ya se citaban fuera del internado, conversaron de aquella primera noche en que Vladimir había intentado robar la colchoneta.

«Y si me viste cogerla», quiso saber Vladimir, «¿por qué no me atajaste?».

Lo había seguido, en cambio, hasta su cubículo. Y había sufrido un primer encontronazo con Rueno.

«Porque quise averiguar dónde dormías», le contestó Miranda.

Esa primera noche en el internado la había pasado en vela. Cansado de mirar por una claraboya el cielo oscuro, se había decidido a subir al techo.

Las tiras de papel de aluminio que impermeabilizaban la superficie brillaban en la oscuridad, el asfalto reblandecido por el sol de todo el día se pegaba a las suelas. A dondequiera que mirara iba a encontrar filas de árboles.

Un auto iluminó la carretera. La oscuridad se tragó el auto, y los alrededores del internado volvieron a ser tan negros como antes. Miranda pensó que su casa se encontraba tan lejos que, de ponerse en camino, consumiría días y noches en hacer el viaje a pie.

Vio pasar una bandada de pájaros y ni siquiera conocía en qué dirección tendría que volar para volver a casa. Así que se puso a llorar encima del techo.

Al bajar de allí no regresó a su litera, se dirigió directamente a aquella donde Vladimir dormía. Habituados sus ojos a la oscuridad del dormitorio, alcanzó a ver una mejilla de éste aplastada contra la almohada. Pasó no supo cuánto tiempo frente a él.

En un momento de la noche los labios de Vladimir se movieron como si fueran a decir alguna cosa, salió de ellos saliva que mojó la almohada, y Miranda sintió deseos de tocarlo.

De lo alto de la litera de enfrente cayó un brazo de Rueno. Algo en sueños movilizó a los dedos de esa mano. Quienes dormían se agitaban a causa del calor, de la incomodidad de las camas o de los sueños. Miranda tendría que alejarse de allí, meterse en su litera e intentar dormir por unas horas. Pero antes de que la noche terminara sintió la tentación de echarle una penúltima ojeada a Vladimir.

❧

Vladimir abrió los ojos con la sensación de que alguien estaba vigilándolo. A los pies del colchón encontró la mochila con todas sus pertenencias, el ventilador había dejado de funcionar. Por los alrededores reinaba el silencio de los apagones. No podría decir en qué clase de sueño había estado metido. Lo único claro era esa sensación, al despertar, de que alguien lo miraba dormir.

Cargó la mochila y salió de allí lo más pronto posible. Como cada mañana desde el asunto de los libros, cerró la puerta con la seguridad de que aquel gesto valía de muy poco.

Se fue al cementerio.

Cansado de recorrer las calles del cementerio durante horas, se acostó entre dos tumbas. Encendió un cigarro, se puso la mochila como almohada. Fumó tan lentamente como si estuviera entrando en sueños.

Las nubes cambiaban a una velocidad vertiginosa. Él imaginó qué cantidad grande de tiempo tendría que pasar para que una repitiera con exactitud la forma de otra. Probablemente no ocurriría nunca y, sin embargo, a él le había tocado reencontrar a alguien perdido.

Sus dedos dejaron de ejercer presión y el cigarro rodó entre las hierbas. Vladimir se incorporó a medias para recuperarlo, y vio ensombrecerse el espacio entre las dos tumbas. Al voltearse, la pierna de alguien le aplastó el pecho.

A contraluz no alcanzó a descubrir quién podía ser. Se aferró a aquella pierna y consiguió sacársela de encima para descubrir que se trataba del muchacho parecido a Miranda.

«¿Haciéndote lugar?», preguntó a Vladimir.

Éste continuó aferrado al tobillo del muchacho.

«Hoy no vas a desaparecerte», le advirtió.

El muchacho tiró de su pierna hasta lograr sentarse en una de las tumbas, aceptó como broma que lo tuvieran sujeto.

«Llevo días buscándote», reconoció Vladimir.

Abrió la mano tan cuidadosamente como si se tratara de algo en peligro de perderse.

«¿Buscándome para qué?».

Vladimir se sentó frente a él, en la otra tumba.

«¿Para qué se busca a alguien que recuerda a otra gente?», se dijo. «¿Qué puede hallarse en una confusión como ésta?».

La hierba que no había aplastado al acostarse cubría las piernas de ambos. Tomó uno de los tallos y lo deshizo con los dientes.

«Es largo de explicar».

El jugo de la hierba tenía un sabor amargo.

«Hay tiempo», consideró el otro. «Faltan horas para que cierren».

«Y aunque cierren», agregó después de pensarlo.

Inclinándose hacia Vladimir, le dio un golpecito en las rodillas.

«Vamos».

Vladimir lo siguió. Nadie, de tropezarse con ellos, debería relacionarlos.

«Entra donde yo entre», le había advertido el muchacho.

Y, poco antes de tropezar con el muro del fondo del cementerio, Vladimir lo vio meterse en un panteón.

A los lados de la puerta crecían dos árboles cuyas raíces empezaban a reventar la acera. Los muros del panteón estaban totalmente cubiertos por alas de ángeles talladas en la piedra. La puerta de dos hojas era de un metal liso, Vladimir la empujó.

Adentro la luz era la de una hora indecisa entre la noche y la mañana, la temperatura era la de una caverna. Paredes con motivos de alas de ángeles, igual que en la fachada, guardaban hileras de nichos.

Él preguntó si tenía que ser allí.

«¿Y por qué no?», le respondió el muchacho.

Vladimir sostuvo que podían hablar afuera, que él podía invitarlo a una cerveza.

«Otro día».

Ninguno de los nichos llevaba inscripto nombre. De cara a la puerta quedaba uno mayor que los demás y sobre éste, por encima de cualquier cabeza, una inscripción a la que faltaban casi todas las letras de bronce.

«Omnis», fue la única palabra que Vladimir alcanzó a leer.

Alguna vez habría sido un largo pensamiento por encima de las cabezas de los hombres.

«¿Te molesta que fume aquí adentro?», preguntó.

«No si me das uno», el muchacho se quitó la camisa y en el torso tenía una cicatriz.

Mejor que tomarlo, le arrebató el cigarro.

Vladimir preguntó quién era y qué hacía allá adentro, por qué había huido de él la última vez en que se vieran.

«Tú dijiste que estabas buscándome», contestó el muchacho como si las preguntas del otro nunca hubiesen ocurrido. «Viniste hasta aquí».

Recorrió con la vista el interior.

«No sabes dónde estás, ¿verdad?».

Él tuvo que reconocer que no.

«Entonces eres tú quien tiene que decirme qué viniste a hacer al cementerio».

Vladimir debió contarle su conversación con Renán en la fiesta de Susan. O, más remotamente, la historia de Miranda. Pero habló solamente de su trabajo con el fotógrafo.

«Yo estaba con ese fotógrafo el primer día que te vi», aseguró. «Tropezaste a la entrada con una amiga mía y después te busqué… Me imagino que estabas aquí adentro».

Le ofreció fuego, pero el muchacho no quiso encender todavía.

«Ésa no era la del perro», dijo de Lula.

«No, era otra».

«¿Amiga tuya?».

«Más o menos».

El muchacho se colocó el cigarro bajo la nariz y aspiró profundamente.

«¿Cómo se llama?».

«Lourdes Sanromán. Lula».

«Ella trabaja para la policía», aseguró el muchacho.

«¿De dónde la conoces tú?».

«No la conozco, pero me da que es chivata».

Apretó el cigarro hasta hacerle botar picadura por los extremos.

«¿Y tú?», preguntó a Vladimir.

«¿Yo qué?».

«Si eres chivato».

Vladimir intentó averiguar si debía echarse a reír o no.

«¿Fue por eso que corriste al verme?».

«Este lugar está lleno de gente que vigila».

A Vladimir le resultó extraño. ¿Qué había para vigilar en un cementerio?

«Contrabando», aseguró el otro.

«¿Contrabando? ¿De qué?».

De ropa, joyas, dientes de oro de los muertos, huesos humanos... Vladimir aplastó en el suelo el final de su cigarro. El polvo y la suciedad formaban escamas sobre un piso magnífico.

«Te metes a hacer esto aquí», le advirtió el muchacho, «y puedes acabar muy mal».

«¿Esto?».

El muchacho lo explicó con un ademán que involucraba a los dos cuerpos. Terminó por acariciarse la cicatriz del torso y Vladimir le preguntó por ella.

«De una pelea», dijo.

Era de una pelea ocurrida en prisión.

«¿Estuviste en la cárcel?».

Con el cigarro en los labios, el muchacho apuntó a Vladimir.

«¿Tú no?», pronunció sin despegar los labios.

«No».

Observó a Vladimir como si tal respuesta lo volviera aún más sospechoso. Le pidió encender.

«¿Y por qué fuiste a la cárcel?».

«La primera vez por querer irme del país».

«Estuviste más de una vez entonces».

El muchacho abrió los dedos indicando victoria.

«Dos».

«¿Y la segunda?».

«También por querer irme».

«¡César!», gritó alguien fuera del panteón.

La voz era la del negro con quien Vladimir peleara.

«¡Ábreme!».

César pareció tener todos sus sentidos concentrados en el cigarro y no escuchar a quien gritara afuera.

La puerta empezó a ser batida. Sin prestarle atención, César abrió la tapa del nicho bajo la inscripción indescifrable.

«Tú primero», invitó.

Vladimir se asomó a aquella abertura y recibió en la cara una bocanada de humedad. Dentro de la ciudad el cementerio, dentro del cementerio un panteón, y ahora, ¿a dónde se iba por esa escotilla? ¿De qué huían, quién era aquel negro que reclamaba entrar al panteón?

No había tiempo para explicaciones. Él fue apartado de la entrada de aquel nicho y, con la decisión de quien ya conoce el camino, César metió allí sus brazos.

La oscuridad le llegó hasta los codos como si adentro se estancara un agua densa y el viaje consistiera en surcarla. Pero en lugar de atravesar la ventana del nicho, César apalancó los hombros en el borde del hueco y logró sacar de allí un cuerpo.

Tiró sobre el piso del panteón una colchoneta que empezó a sacudirse como si algo vivo la recorriera. El tufo a humedad duró lo que el relleno de ésta en acomodarse.

César cerró el nicho que le servía de depósito y, sin importarle cuánto era golpeada la puerta, sacó sus piernas de los pantalones y sonrió a Vladimir burlonamente.

En la luz del panteón entre el día y la noche éste alcanzó a verle las encías blancuzcas, los dientes pequeños, la mancha rojísima de la lengua. Tuvo la sensación, al besar la cicatriz, de haberlo hecho antes. Sentado en una de las primeras filas del cine, la tela que servía de pantalla le había mostrado una costura, un remiendo, la cicatriz que ahora lamía.

«Y el auto incendiado caía por el precipicio», recordó de la película, «hasta hundirse en el agua».

⋯

Más tarde descubrieron que los golpes en la puerta habían terminado.

«Pero él está ahí», aseguró César.

Vladimir quiso saber qué relación tenía con el negro.

«Es alguien a quien conocí cuando estuve guardado».

En prisión, quería decir.

A Vladimir le pareció contradictorio que después de haber cumplido dos condenas por salida ilegal del país, César no se hubiera largado en la época en que la frontera estuvo abierta. Preguntó por qué no intentaba marcharse ahora mismo.

«Porque no lo necesito ya», contestó César.

Podría despertar, hallar la puerta de su celda abierta, y se pondría a esperar a que trajeran el agua con azúcar del desayuno de la prisión. Podrían dejarle abierto el camino a la costa, no interceptarle la navegación, podría hacer tiempo propicio y, sin embargo, nunca arribaría a ningún lado.

«No vas a volver a intentarlo entonces».

«¿Para irme a dónde?».

«Afuera», reconoció Vladimir. «Al mismo lugar al que pensabas irte las dos veces anteriores».

«Nada más fueron pensamientos».

¿Conocía cuántos, y de qué clases, podrían ocurrírsele a cualquiera durante una condena?

Vladimir confesó que él se le parecía a alguien y César lo miró de arriba a abajo.

«Tú también te me pareces a alguien», dijo.

«¿A quién?».

César repitió su mirada examinadora.

«No sé», terminó por decir. «A ti mismo. Puede que te haya visto antes por ahí».

«¿No quieres tomarte la cerveza ahora?».

«No».

«Aquí a la salida hay un bar».

«Otro día».

«Está bien, otro día».

«No habrá otro día», se prometió Vladimir a sí mismo.

«Me voy», le avisó a César.

Éste movió la cabeza en desacuerdo.

«Ahora va a tratar de entrar él», dijo del negro. «Pero si te vas déjame un par de cigarros».

Vladimir le tiró la cajetilla.

«Fuego no puedo dejarte».

No tenía importancia. Él se pondría los cigarros bajo la nariz, tendría suficiente con olerlos.

«Dime si está allá afuera», pidió.

Vladimir abrió la puerta del panteón y entró una racha de aire fresco. Llovía.

«No está», confirmó a César antes de salir del panteón.

Haber dejado afuera un cielo con pocas nubes y salir ahora a la lluvia, lo confundió acerca del tiempo transcurrido.

Las velas brillaban acogedoramente cuando él pasó junto a la capilla. Ya habían cerrado la puerta lateral del cementerio. Bajo el alero del edificio de archivos, en la entrada principal, los oficinistas esperaban a que la lluvia terminara.

Vladimir cruzó la calle y entró al bar. Tenía empapada la camisa, los hombros le temblaron al beber el primer sorbo de cerveza.

«¡Oye, cuidado con un frío aquí!», le advirtió uno de los que ocupaba la mesa más próxima.

El mulato con gorra de pelotero apuntó con su mentón hacia la acera de enfrente, y continuó con su conversación de giras y de contratos. Eran músicos los de su mesa.

Los oficinistas se fueron del cementerio en cuanto amainó la lluvia. Salió un carro fúnebre vacío y los autos de los últimos entierros del día.

Cerraron la entrada y quedó abierta una puerta pequeña. Un perro igual a Tunder salió por esa puerta, detrás del perro una mujer bajo un paraguas. El perro consiguió cruzar la calle a la carrera y ella se vio obligada a esperar por un auto que pasaba. No hizo intento por salvar su ropa de las salpicaduras.

En la acera del bar la esperaba el perro, Tunder sin dudas.

«Animales no, señora».

El paraguas se cerró y, sin detenerse por la prohibición del camarero, Susan entró al bar con su perro. Buscó dónde sentarse y la contrarió visiblemente tropezarse con Vladimir.

«¡Ese perro, señora!».

«No va a molestar», prometió ella.

Tunder empezó a sacudirse la lluvia y el mulato de la gorra de pelotero escondió su pantalón blanco bajo la mesa.

«¡Quieto! ¡Echáte!».

Susan pegó su cabeza a la del perro y llevaba sin teñir las raíces del pelo.

«Qué lluvia», se quejó.

Traía los ojos enrojecidos. Vladimir le preguntó por qué tenía que pasar la lluvia allí cuando estaba a unos pasos de casa.

Ella intentó hacerle tanto caso como al camarero.

«¿Pasó algo allá arriba?».

«Óscar», contestó al fin.

«¿Peleaste con Óscar?».

Tenían que hablarse a gritos por encima de la música. Los de la mesa más próxima atendieron sin disimulo a lo que parecía una historia. Mujer peleada con el marido recala en bar, creyeron.

«No», dijo Susan. «Es que no quiero que me vea así».

Había salido de casa para llorar.

«Lo de Óscar es cuestión de poco tiempo», dijo. «Semanas».

«Se va entonces».

«Sí».

«¿Y tú no querías que se fuera?».

«Sí, claro».

Aunque no había calculado que fuera tan pronto.

Vladimir vio cerrar, en la acera de enfrente, la última puerta del cementerio y sintió un desasosiego tan grande como si fuera él mismo quien quedara encerrado.

«Está adentro», se dijo. «Ya habían cerrado la puerta lateral y no hay otra salida».

Los músicos se echaron a reír a carcajadas.

«A ver, ¿quién es éste?», señalaban al mulato de la gorra de pelotero.

Ponían a prueba a uno que mendigaba cervezas. El de la gorra se enderezó en su silla, miró a Susan. Evidentemente no gustaba de esa clase de bromas.

«Gánate tu cerveza», jaleaba al mendigo el resto de los músicos.

El pobre diablo sacudió sus manos como si se le quemaran la punta de los dedos o tuviera guantes y fuera a realizar un acto de magia. A pocos centímetros de la cara del mulato de la gorra, formó el encuadre de una cámara fotográfica o de un televisor.

«Este es…»

Su objeto de examen metió una mano en el pantalón blanco, quiso ofrecer dinero, acabar con la diversión, y lo atajaron. Tuvo que soportar un encuadre más próximo. El mendigo se le abrazó al cuello, le tumbó la gorra, intentó besarlo en la calva.

«¡Este es mi padre, caballeros!».

El mulato músico se lo quitó de encima como pudo, se acomodó la gorra y examinó la blancura de su pantalón.

Los otros entregaron al mendigo la cerveza prometida y el camarero se metió a sacarlo de allí.

Pero Susan protestó, indignada porque echaran a aquel hombre mientras llovía.

«¡Déjalo que se tome aquí su cerveza!», exigió al camarero.

Éste la miró, miró al perro, y por un momento pareció que también los echaría a ellos. Terminó, sin embargo, por acceder a que el hombre pasara la lluvia en el bar.

«Yo te canto lo que quieras», aseguró el mendigo a Susan.

Hizo ademán de sentarse con ellos y Vladimir tuvo que prohibírselo.

«La canción que más te guste», insistió.

«Toma y déjanos, por favor».

El mendigo se negó. De ninguna manera podía aceptar la moneda que ella le daba, ya le debía un favor muy grande. Así que comenzó a anunciarse con lo que él suponía voz de locutor radial.

«*Aquellos ojos verdes*, de Nilo Menéndez».

El de la gorra de pelotero asintió.

«De Nilo Menéndez, sí».

Ahora que la diversión no era a su costa podía aprobarla.

«*Aquellos ojos verdes de mirada serena…*»

La lata de cerveza sin abrir le servía de micrófono.

«*…dejaron en mi alma eterna sed de amor*».

Susan pidió que no la molestara, pero ya los músicos hacían percusión, y el mendigo trató de pegarse al oído de su benefactora.

«*Anhelos de caricias, de besos y ternuras, de todas las dulzuras que podían brindar*».

Vladimir se levantó de su silla para apartarlo y uno de los músicos se metió a recordarle que el tipo era un inocente.

«*Aquellos ojos verdes, serenos como un lago, en cuyas quietas aguas un día me miré*».

El mendigo de cervezas trató de mirarse en los ojos de Susan y ésta pegó un grito.

«Deja en paz a la señora», exigió en ese punto el mulato de la gorra.

Abrazada a Tunder que ladraba, Susan comenzó a llorar. Parecía una niña asustada por un loco.

También el mendigo hizo una mueca de llanto, le tendió la cerveza a Vladimir.

«Dásela, pero que no llore».

Dejaba a la señora su micrófono de bolerista, la cerveza con que lo premiaran.

«¡Ay, coño!», salió a la lluvia lamentándose.

Vladimir tuvo la impresión de que algo esencial se le escapaba. Un descuido suyo y Susan se ponía a llorar en la silla de enfrente.

«No me mires así», le pidió ella.

A espaldas suyas, fuera del bar donde estaban sentados, las puertas del cementerio permanecían cerradas hasta el otro día y quedaba adentro César.

«Ay, qué pena. Yo me voy, Vladimir».

«Espera un momento», la detuvo. «Tienes los ojos peor que cuando llegaste. Óscar te los va a ver».

«Así y todo, quiero irme. Me muero de pena aquí».

«Está bien», decidió él, «subo contigo. Déjame comprar unas cervezas».

Ella hizo un gesto de interrogación.

«¿Óscar no está allá arriba?», preguntó Vladimir. «Anímate entonces, que vamos a celebrar con él la noticia».

ↂ

Luego Susan lamentó que también esa noche su hijo se empeñara en dormir fuera de casa. ¿No se daba cuenta de que Vladimir había venido expresamente a celebrar con él?

«¿Y no lo celebramos ya?», preguntó Óscar.

Tunder salió de entre los muebles y esperó junto a la puerta, dispuesto a despedirse.

«Niño, ¿qué necesidad tienes de andar a estas horas por ahí? No, no…»

Podía irse a dormir a casa de la novia, pero no en bicicleta después de haber bebido, y con las calles mojadas.

Óscar cargó con su mochila. Susan le desenredó una mecha de pelo del aro de plata de la oreja y apretó la cabeza de su hijo.

«Ya estás borracha, ¿no?».

Era su manera de zafarse de la madre. Prefería resultar tajante antes que soportar sentimentalismos.

«Vete ya, anda», ordenó ella.

«Ahora va a ponerse a llorar otra vez», calculó Vladimir al cerrarse la puerta.

Tunder sí que empezó a lloriquear. Susan, en cambio, anunció que haría un café. Aunque, si aún quedaba cerveza, Vladimir bebería una última antes de ese café.

Ella abrió el refrigerador y lanzó un grito y luego una carcajada.

«¡Se las llevó!».

La risa apenas la dejaba hablar.

«¡Óscar cargó con las cervezas que quedaban!».

«¿Y te da risa?».

«¡Por eso tenía tanto apuro en irse con la novia, va a tomárselas con ella!».

«¡Pero qué ladrón hijo de puta!».

En una esquina de la terraza quedaba todavía una lata llena de cerveza. La habían dejado donde el piso terminaba, como homenaje a Renán.

Vladimir miró a Susan.

«¿Estás pensando en lo mismo que yo?».

«No estoy pensando en nada», se defendió ella.

«Pues voy a tomármela».

Era la primera vez, después de su muerte, que ambos se reunían para celebrar algo.

«Vamos a pedírsela entonces», concedió Susan.

Se acuclilló junto a la lata y tuvo lo que a Vladimir le pareció un cambio de cortesías con una hormiga. Luego los dos se bebieron en silencio, por turnos, la cerveza ofrendada. Al terminarla, él estrujó la lata y la tiró todo lo lejos que permitió la fuerza de su brazo.

«¡Vas a darle a alguien en la calle!», protestó Susan.

La mandaba más lejos aún. Hasta la mancha sin luces que se abría debajo, hasta la laguna negra del cementerio.

«Quiero pedirte algo, Vladimir, y no tienes por qué contestarme ahora mismo».

Él echó a broma sus palabras, preguntó si se trataba de una proposición de matrimonio.

«Más o menos», Susan lo envolvió en un abrazo. «Quiero que vengas a vivir conmigo cuando Óscar se vaya. Durante los primeros tiempos».

Vladimir preguntó por el médico militar y recibió como contestación un chasquido de asunto terminado.

«¿Ya se te había ocurrido pedírmelo, o fue ahora que lo pensaste?», quiso saber él.

Susan preguntó si le vería diferencia al asunto por el momento en que fuera pensado. Y, luego de tantas cervezas, Vladimir tuvo que reconocer que sí.

«Cuando se vaya Óscar», dijo ella en un susurro, «tú eres lo único que me queda».

Sonó el teléfono en ese momento y los dos perdieron lo que hubiera despertado una declaración así.

«¿Por qué no pones tú la cafetera?», pidió Susan antes de contestar la llamada.

Vladimir acordó hacerlo, pero no salió de la terraza.

De estar vivo Renán, Susan no le habría hecho a él una petición así. Era a Renán a quien quería tener con ella en el apartamento. Vladimir venía a sustituir a éste del mismo modo en que César ocupaba el sitio de Miranda. Por algo habían tomado Susan y él la cerveza de los muertos.

La escuchó reír. Con las piernas dobladas encima del sofá como una jovencita, reía al teléfono.

«El padre de los muchachos», explicó al colgar. «Le di el teléfono de la novia de Óscar, y siguió hablándome. Era conmigo con quien quería hablar».

Llamaba, no desde otro país, sino desde otro tiempo. Era una conversación venida del pasado.

«¿Dónde está el café que hiciste? ¿Tú no ibas a poner la cafetera? Necesito un café. ¿Sabes cuánto tiempo hacía que no hablábamos?».

Recién ocurrida la muerte del mayor de sus hijos habían conversado telefónicamente por última vez. Él la había culpado de esa muerte y ahora llamaba para pedirle perdón, para que ella supiera lo feliz que estaba de recibir a Óscar, el único que les quedaba.

«Me dijo que para que su felicidad fuera completa...», el llanto no la dejó terminar.

«Voy a poner la cafetera».

«Me dijo que para que su felicidad fuera completa», se asomó a la cocina, «la de él y la de Óscar, me quería allá con ellos».

Susan dedicó el resto de la noche a hilvanar y deshilvanar lo conversado por teléfono.

«Seguramente cree que la esperanza de irme me ayudará a soportar lo sola que voy a quedarme... Él tenía una mujer, venezolana creo. No sé si está con ella todavía... ¡Y este condenado se llevó las últimas cervezas!».

Iba quedándose dormida en la terraza y pidió a Vladimir que la dejara allí, que más tarde se iría a la cama.

Él durmió en el cuarto de Óscar. La cerveza le dio un sueño hondo, pero de pocas horas, y tuvo que levantarse de madrugada a orinar.

Sobresaliente de uno de los muebles de la terraza, se balanceaba en el sueño la cabeza de Susan. El cementerio debajo y ella, sentada allí, parecía su guardiana. Tunder alzó el hocico y, luego de una ojeada a Vladimir, volvió a dejar caer la cabeza sobre sus patas.

La cama olía a Óscar. Ese olor y las horas dentro del panteón se sumaron para Vladimir, y empezó a masturbarse.

Después de mucho cortejar imágenes, en ese instante en que una sola lo centra todo para explotar en un chorro a presión, vió que una cicatriz atravesaba un torso. La cicatriz, lo mismo que un subrayado de libro, era una marca para la memoria. Una marca, una advertencia.

ເ໐

A punto de tocar el muro de azulejos del final, el final huyó de sus dedos. Se alargó la piscina o el tiempo se detuvo, nunca llegó a saberlo. Las fuerzas no iban a alcanzarle para terminar.

Sus oídos silbaron en un aviso propio, soltó todo el aire de sus pulmones y fue aquella exhalación tremenda la que lo impulsó hasta dar con el muro.

«Estaba por ahogarme», tuvo que reconocer.

Trató de que los dientes dejaran de chocarle y se aseguró del borde de la piscina con ambos brazos.

«Te viniste en el agua», dijo Rueno señalando a la trusa de Vladimir. «¿Tú no te habías venido nunca?».

Vladimir trató de hacer creer que sí y disimuló el asombro de que venirse fuera aquel ahogo.

Ni siquiera durante los meses de calor era agradable entrar a la piscina tan temprano. Aquellas dos horas de deporte al amanecer eran otra prueba de crecimiento.

Atentos al silbato que colgaba del cuello del maestro de natación, podían sentir bajo sus plantas cada rugosidad del piso. Eran capaces de escuchar la orden poco antes de que sonara. El aire a ras de agua quemaba en la nariz durante los primeros minutos y al tocar el final de la piscina acostumbraban a sonreír. Dejada atrás la pesadilla, no podían creerse en la incertidumbre de unos minutos antes.

Casi al final de las dos horas, despedido el grueso del grupo, el maestro acostumbraba a quedarse con Vladimir y Rueno, por distinción con sus campeones. Y luego del aparte con el maestro, solos los dos en las duchas, Rueno analizaba en voz alta los resultados de la clase y Vladimir se limitaba a mostrarse de acuerdo con cada comentario, de ninguna manera demostraba felicidad por haber hecho el mejor tiempo.

Parecía no haber otro tema de conversación entre ellos y era el único momento del día en que se dirigían la palabra. De encontrarse luego, gruñirían como saludo.

Solamente en un par de ocasiones hablaron de Miranda. En la primera de éstas, Vladimir cuestionó a Rueno que tratara a Miranda como si fuera esclavo suyo.

«Me trae la bandeja de comida hasta la cama y puedo hacer que también me entregue la suya y se quede sin comer», enumeró Rueno. «Lava mis calzoncillos y mi uniforme. Es capaz de robar cualquier cosa que me haga falta sin importarle el castigo. Pero si tú quieres saber por qué hace todo esto, tienes que preguntarle a él. Porque yo no lo entiendo».

Rueno miró a Vladimir desde su ducha.

«A él le gusta. ¿Yo podría obligarte a ti a hacer lo mismo?», preguntó.

Vladimir sintió el peligro de aventurar cualquier respuesta. «No, ¿verdad?», sugirió Rueno.

Él se decidió a contestar que no.

«Miranda es maricón», determinó Rueno al cerrar su ducha. Esa podría ser la explicación.

«Y tú», dijo acercándose al chorro de agua que caía sobre Vladimir, «también».

Rueno no esperaba el puñetazo y dio contra la pared. Pegó la espalda a la pared mojada y se quedó por un instante a medio caer. Pasó su lengua por los dientes, movió la cabeza como si contestara negativamente a alguna proposición. Sabía que Miranda dejaba notas en la taquilla de Vladimir y que en esas notas acordaban sus encuentros fuera del internado.

«Procura que yo no los coja juntos», fue lo único que dijo, y volvió a abrir su ducha como si nada hubiera sucedido.

Tres días después de la muerte de Miranda, quitadas las cintas de prohibición que la policía dejara, se reanudaron las clases en la piscina. Sonó el silbato, todos se lanzaron al agua, y Vladimir no pudo entrar.

El maestro tuvo que empujarlo. Dentro de la piscina ya, Vladimir deseó bracear hasta donde se hubiese ido Miranda. Pegó con el puño en la meta de azulejos como si a un golpe suyo el muro fuera a abrirse y prosiguiera el curso de agua. Atendió, sin salir a superficie, a cómo las piernas de los otros se alejaban.

Rueno y él se ducharon ese día en silencio. Vladimir demoró el baño cuanto pudo para quedarse a solas en las duchas.

«Habían cambiado ya el agua de la piscina», comentó Rueno a medio vestir.

Interpretaba a su manera la demora del otro al empezar la clase. El muerto se iba en el agua en que se ahogara, quería decirle. Se iba como agua sucia vertida, sin que nadie pareciera dispuesto a averiguar hacia dónde.

«Fuiste tú», acusó Vladimir.

Y Rueno sonrió del mismo modo que el primer día al comprobar que en la cama del otro faltaba la colchoneta. Miranda no necesitaba de alguien que lo empujara. Lo había hecho solo, porque era demasiado flojo para ver las cosas de frente. La policía daba por terminado el caso. Era un suicidio, cada año tenían casos así en los internados. Pero si Vladimir lo consideraba a él culpable de esa muerte, podía ir a contárselo a los policías.

«Yo no soy un chivato como tú», dijo éste.

Rueno respondió con un puñetazo. Vladimir levantó con el pie una ola del agua estancada y, nada más caer, tuvo al otro encima.

«Puedo partirte el culo ahora mismo, campeón», susurró Rueno en su oído.

Hundió la cabeza de Vladimir en el agua jabonosa y sólo la sacó de allí cuando éste casi se ahogaba.

Era Miranda quien lo buscaba a él, a Rueno. Miranda tenía miedo y ese miedo era insaciable, exigía demasiado. Pero él sí que nunca se la había metido.

«¡Nunca!», gritó a Vladimir en el oído.

Él había procurado que sacaran a Miranda de allí, que lo mandaran lejos, a la casa de donde no tenía que haber venido nunca. Y lo que hubiera pasado después no era asunto suyo.

Rueno se levantó y dio muestras de contrariedad al ver su ropa manchada de agua jabonosa. Comenzó a desvestirse.

«Vas a tener que traerme el uniforme que tengo en mi taquilla», dijo.

Hizo un bulto con el pantalón manchado.

«Y lávame esto», lanzó el bulto a Vladimir.

Le advirtió, por último, que nunca más intentara adelantársele cuando nadaban.

છ

Lo despertó la luz en la ventana del cuarto de Óscar.

«Recién hecho», dijo Susan del café.

Ya presidía la mañana desde la terraza. Vladimir le preguntó si había dormido allí toda la noche.

«¿Dormir? Ojalá hubiera podido hacerlo. ¿Y qué tal estás tú?».

Él bebió su café y contestó afirmativamente. Tunder salió de donde daba el sol para echarse a unos pasos de Susan.

«Tengo la sospecha de que tanta cerveza me hizo soltar anoche alguna tontería», acarició con un pie el lomo de su perro. «No me gustó mucho encontrarte en el bar de allá abajo, y luego creo que estuve demasiado feliz de haberte encontrado».

Vladimir sonrió.

«¿Demasiado feliz?».

«Sí. Olvídate de lo que pude haberte dicho anoche», pidió Susan.

Él no era, pues, lo único que iba a quedarle cuando Óscar se marchara.

«¿Te acuerdas de todo lo que hablamos?», le preguntó llena de curiosidad.

«Susan, yo no estaba borracho, y creo que tú tampoco».

«Sí, lo estaba. Antes de las cervezas me había tomado un sedante. Así que tienes que contarme», exigió, «qué te dije después de hablar con el padre de los muchachos».

«Ah, es eso», se dijo Vladimir.

«Porque no me acuerdo de nada».

«Tú le diste el teléfono de la novia de Óscar y él se quedó hablando contigo... ¿De verdad que no te acuerdas de nada?».

«Sólo muy vagamente».

«Óscar nos robó las últimas cervezas».

«De eso sí que me acuerdo... ¿Te conté desde cuando no hablábamos y el tipo de conversación que tuvimos la última vez que me llamó?».

Se lo había contado, sí.

«¿Él dijo algo de que quisiera verme allá?».

«Eso contaste tú al colgar».

«¿Algo acerca de felicidad completa?».

«Algo parecido, sí».

«¿Y no te suena ridículo?».

Él se encogió de hombros.

«¿Sabes lo que he pensado, Vladimir? Que, del otro lado de la línea, él también estaba borracho... Estuvimos demasiado de acuerdo como para que no anduviera tan borracho como yo».

Susan necesitó hacer una pausa teatral. Vladimir supuso que se levantaría de su butaca. Sin embargo, descansaba tan cómodamente un pie sobre Tunder que no iba a levantarse de allí. Y tampoco lo hizo cuando él le anunció que se marchaba.

La dejó hilvanando y deshilvanando su conversación telefónica de la noche anterior. En la calle, el calor fue quitándole poco a poco el deseo de ponerse a trabajar en lo del fotógrafo. Se detuvo a comprar una cajetilla de cigarros y cargó con un par de pizzas.

Al entrar a su apartamento encontró un papel bajo la puerta y un letrero que ocupaba toda una pared de la sala.

Bajo el refrigerador había un charco de agua. El ventilador giraba en el dormitorio, él recordó haberlo dejado encendido durante el apagón del día antes.

Desdobló el papel.

«Como tú no me abres, me llevo la botella», había escrito Lula.

Vladimir atendió al ventilador como si a partir de sus movimientos pudiera recomponer lo ocurrido. Y, en el mismo momento en que iba a utilizarlo, el teléfono sonó.

«¿Leíste ya el papel que te dejé?», le preguntó la voz de Lula.

Lo tenía delante de sus ojos. Acababa de llegar, anoche había dormido en casa de una amiga…

Lula quiso saber de cuál amiga.

«Eso no importa ahora. Anoche estuviste aquí, ¿no?».

«Claro que estuve», contestó la abogada.

«Está bien, dime una cosa. ¿Sentiste ruido o viste luz encendida?».

«Para nada».

«¿Cómo que para nada, Lula? Algo tuvo que hacerte pensar que yo estaba aquí y no quería abrirte. O no me hubieras dejado esta nota».

Leyó en voz alta lo que ella le dejara escrito.

«¿Estabas de verdad en casa de una amiga?».

Siempre trataba de ser ella la que hacía las preguntas.

«¡Respóndeme si sentiste ruido aquí adentro!», se impacientó Vladimir.

«¿Qué iba a sentir si estabas en casa de esa amiga y no tienes ni un gato?».

Ella sólo se había dado unos tragos con el fotógrafo y la mulatica. Al despedirse de la pareja había comprado una botella con la idea de compartirla con él. Puede que la bebida la pusiera susceptible, le hubiera hecho creer que él estaba en casa y no quería abrirle… Ahora no podría asegurarlo.

«¿Qué pasó? ¿Robaron en tu casa?».

«No puedo seguir hablándote, Lula».

Vladimir colgó el teléfono y miró lo escrito en la pared.

«Maricón», podía leerse en grandes letras.

Esta vez no perdió tiempo en revisar la casa. Buscó en su mochila la libreta de teléfonos y sacó de entre sus páginas un papel amarillento. Allí estaba la hoja de agenda que diez años antes, en un parque, le entregara un oficial vestido de civil. Marcó el número anotado, pidió hablar con el oficial Marco, y la voz del otro lado trató de averiguar a qué sitio llamaba.

Probó una vez y otra. Ningún intento de comunicar dio resultado y decidió presentarse en aquel ministerio.

છ

Mostró a la guardia de entrada la hoja amarillenta.

«Espere allá».

El guarda conversó por teléfono sin dejar de observarlo. La boca pegada al auricular podría estar diciendo cualquier cosa, que la expresión de su mirada no permitiría sacar conclusión alguna. Cuando colgó el teléfono, indicó a Vladimir el sendero hacia la villa.

«Puede pasar a recepción».

«¿Me devuelve el papel?», tuvo que recordarle.

«Positivo».

Desde el primero de los escalones que llevaba a la villa alcanzaba a leerse una frase que anunciaba la verdadera guerra para cuando la guerra estuviese terminada. Mujeres y hombres de uniforme se paseaban con tenedores y cucharas dentro de vasos metálicos.

Acababa de empezar la hora de almuerzo. Todo lo bien que se lo permitió su nerviosismo, Vladimir explicó en recepción el porqué de esa visita. A cambio le informaron que ya no encontraría allí al oficial Marco. Pero otro compañero iba a atenderlo de inmediato.

«Si cuento hasta cien y nadie viene», se propuso él, «me levanto de esta silla y me pierdo».

Alargó cuanto pudo el conteo de la última decena y, en el mismo momento en que se disponía a marcharse, vino hasta él un hombre con el rostro detrás de un pañuelo. El hombre lo obligó a salir tan de prisa como si se hallaran en medio de un bombardeo de gases.

«Tengo ocupada la oficina», se excusó con voz acatarrada en cuanto estuvieron afuera.

Buscaron por el jardín un banco a la sombra.

«Me parece que aquí estaremos bien», dijo el hombre del pañuelo.

Los ruidos de la calle no llegaban, nada parecía ocurrir dentro de la villa. Se escuchaba solamente el vuelo de algún abejorro, una llave que goteaba en una esquina del edificio y el sonido de la gravilla que absorbía cada gota.

El oficial del pañuelo comenzó por notificarle que Marco ya no trabajaba allí.

Vladimir pensó que la casualidad lo colocaba otra vez junto a un oficial en un parque.

«Capitán Roberto», se presentó el oficial.

No era necesario mencionar apellido si ése no era su nombre verdadero. Quiso conocer, en cambio, nombre y apellidos de su interlocutor, y preguntó a Vladimir si había trabajado con Marco.

Éste debió expresar mucho azoro al negarlo.

«No colabora», anotó mentalmente el de uniforme.

Vladimir le explicó que diez años antes había puesto su firma en una carta pública y que fue entonces cuando el oficial llamado Marco le había escrito en esa hoja de agenda…

La sonrisa detrás del pañuelo hizo que abandonara su recuento. Vladimir tuvo, incluso, la sangre fría de aguardar por una explicación del capitán para aquella sonrisa.

«Una carta pública…», consideró éste. «Hay sólo dos clases de personas que escriben ese tipo de cartas para nadie».

Hizo una pausa a la espera de que su interlocutor preguntara cuáles.

«Los casos psiquiátricos», terminó por afirmar al ver que la pregunta no llegaba, «y los artistas. Supongo que estarás entre los segundos».

Vladimir pegó la espalda a los listones del banco.

«¿Eres artista?», preguntó el capitán.

¿Podría llamar a su trabajo con un nombre tan pretencioso? Sin saber por qué razón, Vladimir recordó cómo Lula le había pedido que hablara al fotógrafo de unos poemas escritos por ella. Y contestó que sí, que era un artista.

«Puede que caso psiquiátrico también», arriesgó como chiste.

«Pues muy bien, yo soy psiquiatra».

El capitán esperaba el golpe de efecto que sin dudas ocurrió. Vladimir creyó tener ante sí al psiquiatra del lugar. Desconocía que la villa estaba ocupada principalmente por psiquiatras y abogados.

«¿Y qué clase de artista? Quiero decir, ¿qué haces?».

«Va a ser mejor que lo busque usted mismo en mi expediente», respondió Vladimir.

El miedo podía hacerlo brusco.

«No con esta gripe», se negó el capitán.

«Mejor le digo a lo que vine», propuso Vladimir.

E hizo al capitán la historia de los libros rotos y de cómo había encontrado un letrero a lo largo de toda la pared de su sala, sin que nadie más que él tuviera llave del apartamento y sin que la puerta apareciera forzada.

«¿Qué te encontraste escrito en la pared?», lo interrumpió el psiquiatra.

«Maricón», confesó Vladimir.

«¿Eso decía?».

«Eso».

El de uniforme miró a los ojos de su interlocutor.

«¿Te acuestas con personas de tu mismo sexo?».

Prefería utilizar la definición antes que alguna de las calificaciones. Y Vladimir no tuvo reparo en contestar afirmativamente.

«Caso psiquiátrico, artista y maricón», debió enumerar el tal Roberto.

«Este oficial», Vladimir desdobló la hoja de agenda que traía, «me aseguró que podría llamarlo en caso de ocurrirme algo».

«Escucha, Vladimir, déjame hacerte una pregunta sencilla. Descontándote a ti, ¿alguien más ha visto lo escrito en esa pared de tu casa?».

«No. Nadie más».

«¿Fuera de ti alguien vio lo que pasó a tus libros?».

Ahora Vladimir tendría que dedicarse a despejar cualquier sospecha de alucinación o de locura.

Frente al capitán vinieron a cuadrarse dos jóvenes con monos de pintores.

«¡Misión cumplida!», anunciaron a coro.

El oficial dio muestras de gran satisfacción.

«¿Y para cuándo seca?».

«Ya está seca, capitán».

«Bien, pueden retirarse», concedió a los pintores.

A propósito de paredes recién pintadas, tendrían que volver a lo escrito en la pared del apartamento de su interlocutor.

«¿Has tenido anteriormente algún tipo de tratamiento psiquiátrico, Vladimir?».

«Ninguno».

«Bien, yo voy a remitirte a una consulta porque, lamentablemente, no consulto casos».

Los listones del banco presionaron otra vez fuertemente la espalda de Vladimir.

«Supervisa interrogatorios», supuso del capitán. «Es quien marca límites al dolor y a la divagación de las cabezas».

«Capitán», reconoció, «no creo que necesite tratamiento psiquiátrico. Lo único que busco es aclarar lo que me está pasando y, como tenía este número y conocí al oficial Marco, supuse…»

«¿Aclarar?», preguntó la voz acatarrada detrás del pañuelo. «¿Aclarar con quién? ¿Conmigo? ¿Con nosotros?».

«Hay sólo dos clases de seres capaces de atravesar puertas», pensó decirle Vladimir. «Ustedes y, de creer en ellos, los espíritus de muertos».

Vladimir se puso en pie.

«Me equivoqué en venir hasta aquí, discúlpeme».

«No, espera».

El psiquiatra de uniforme militar lo tomó por un brazo.

«Espera. No voy a hablarte de nuestro trabajo. Si conocieras bien de qué nos ocupamos, estarías seguro de que no nos metemos de ese modo en la vida de la gente».

El capitán removió un poco de gravilla con el zapato.

«No has hecho nada, no hay nada contra ti: así de sencillo. Que te acuestes o no con individuos de tu mismo sexo es sólo asunto tuyo».

Pareció pensárselo por un minuto más antes de proseguir.

«A nosotros aquí no nos interesa conocer qué libros lees. Y lo que hayas publicado, porque supongo que eres escritor, ya pasó por los canales pertinentes antes de su publicación».

Llegado a este punto, se sonó la nariz.

«Vienes hasta aquí porque piensas que nuestra gente trata de atemorizarte, de meterte miedo. ¿O me equivoco?».

A Vladimir le tocó reconocer que no.

«Eres escritor. Y ya tienes bastante con eso. Un escritor es alguien que saca cosas de su miedo».

De no sufrir aquel catarro se habría levantado del banco para mostrarle, como si fuera el propietario del lugar, una habitación tras otra.

También ellos trabajan con el miedo. En ciertos rincones de la villa quedaba impregnado miedo de óptima calidad, podía verse. Adonde no llegaba luz, el hedor lo declaraba. Existían locales donde el miedo podía rebanarse literalmente. Y la especialización en sus labores los obligaba muchas veces a manipular esa sustancia preciosa obtenida en laboratorio que era el miedo a sí mismo, la sensación en su estado más puro.

Allí, en el ministerio de la guerra después de la guerra, contaban con calabozos a donde no llegaba nunca un rayo de sol ni un soplo de aire fresco. En otros las luces nunca se apagaban para que el cerebro no alcanzara a ser lavado con tiempo de sueño. A sólo unos metros del jardín donde estaban sentados, detrás de esos muros que no dejaban escapar ni un suspiro...

Artistas e interrogadores tenían en común esa búsqueda del miedo. ¿Qué hacían los primeros al firmar cartas públicas sino buscarlo ciegamente? Al final, el capitán Roberto dejó marcharse a Vladimir.

«Y si no hay nada de locura en él», se dijo viéndolo atravesar el jardín hacia la entrada, «¿qué significa que alguien haya venido?».

La ventana abierta de su oficina no conseguía aplacar el fuerte olor a pintura. Sobre la mesa, la teniente Claudia le había dejado una de sus noticas que leyó camino al despacho del jefe.

«Está almorzando», anunció la secretaria antes de pasarlo a presencia de éste.

Hacía semanas que el coronel no visitaba el comedor y se permitía almorzar a solas en su despacho. Al ver entrar al capitán, levantó de la bandeja su cabeza totalmente rapada. Unos pelos sin recortar le enmarañaban las cejas y, en contraste con el cráneo pulido, prestaban fiereza y determinación a su rostro.

«¿Ya almorzó?», preguntó paternalmente al capitán. «Tiene que comer, vamos».

Envió a buscar la bandeja del capitán y éste pensó en que otra vez Claudia iba a quedarse sin almorzar por esperarlo. Le consultó a su jefe si recordaba, de todos sus años allí, el caso de alguien que viniera con una reclamación.

«¿Que viniera hasta aquí?».

El coronel revolvía el postre con una cucharita y señaló a su mesa de trabajo como si fuera el último lugar donde cabría esperar cosa semejante.

«¿Uno de los suyos?».

Loco, quería decir.

El capitán no le encontró sabor a nada de lo que venía en la bandeja.

«No lo sé, coronel».

«Anita, llévate esto y tráeme café».

El coronel devolvió a su secretaria la taza de infusión que tenía delante.

«Capitán», pidió ella con voz de niña, «dígale que el café...»

«El capitán es psiquiatra y no médico», la interrumpió su jefe. «Y un psiquiatra que no sabe determinar si alguien que viene con reclamaciones está loco o no lo está».

Con la misma brusquedad de una orden de ataque exigió dos tazas de café.

«Y di a los de la cocina que no sirvan más mermelada de ésa».

«Está hecho un ama de casa», se dijo Anita mientras asentía. «La jubilación tiene que llegarle ya».

El coronel saboreó su taza, tomó hasta la última gota de café.

«No me acuerdo de que se diera un caso así», consideró. «Creo que no lo ha habido antes».

Precisamente ahora que dejaba su despacho para empezar en casa lo que le quedara de vida, comenzaban a suceder transformaciones impensables.

«Ya es hora, coronel», anunció Anita desde la puerta.

Él se puso en pie.

«No se apure, capitán. Termine en paz su almuerzo».

El coronel tomó la carpeta de las reuniones.

«Pues sí», camino de la reunión habló consigo mismo, «llega el momento en que una taza de café es un peligro y empieza a agriarse la mermelada».

❧

Habían hecho saltar el candado con cabezas de fósforo. El olor a fósforo quemado se mezclaba con el olor a comida y seguía allí la lata de leche condensada, sus orificios tapados con papel. Apartó cuidadosamente su uniforme de internado, como si el hecho de que no le hubiesen robado comida resultara señal de peligro.

El pantalón sobresalía por debajo de la camisa, en los bajos las marcas de las ocasiones en que tuvieron que alargárselo. Habían vaciado el tubo de pasta dental y, donde Miranda acostumbraba a dejarle sus mensajes (ya para entonces Miranda estaba muerto), dejaron escrito con pasta un mensaje.

«Maricón», la última letra se alargaba hasta dejar limpio el dedo.

Lo mismo que ahora en la pared del apartamento.

Un psiquiatra de uniforme podría acusarlo de fabricarse alucinaciones, pero allí estaba aquel letrero. Nadie que entrara a la sala dejaría de notarlo. Habían raspado la pared blanca hasta dar con una capa de pintura anterior, las letras eran de ese verde desteñido.

Sin embargo, al pie de la pared no se encontraba rastro alguno del trabajo. Igual que en esos muros de los que la lluvia y los ciclones sacan antiguos anuncios comerciales, lo escrito afloraba por obra del tiempo, no de mano alguna.

Vladimir desconectó el refrigerador y se marchó de casa.

Entre el cuarto y el tercer piso, donde un bombillo encerrado en una jaula de alambre debía iluminar los escalones, encontró el piso lleno de vidrios rotos. Los vidrios crujieron y en la oscuridad él sintió una punzada lo mismo que si caminara descalzo sobre ellos.

«Dos clases de seres son capaces de atravesar puertas», había contestado en pensamiento a su interlocutor de la villa.

Y, terminada la entrevista, quedaba en pie una sola de esas posibilidades.

El viejo miedo a cruzar cuartos oscuros no estaba perdido del todo. Regresaba con todo lo que pudiera asociársele: miedo a mirar debajo de la cama, a dejar un espejo a solas, miedo a cerrar los ojos y ver, miedo a abrir los ojos…

No era preciso atravesar la muerte para encontrarse dentro del más allá. Tan sólo con que él diera un paso, con que agitara la mano en el aire, un escalón más arriba o más abajo.

ℰℐ

Alrededor de los tanques de basura pululaban los tipos que recogían cosas. Apenas las calles comenzaban a vaciarse, se comportaban como nómadas. Iban de un tanque a otro por la pradera, y en sus travesías los acompañaban perros a los que otros perros ladraban sin recibir respuesta.

Nada era rematadamente basura para aquellos tipos. Metían mano en los tanques, desenrollaban cintas parecidas a las que usan los fontaneros para destupir. Sondeaban con esas cintas los depósitos y llegaban a alzar alguna bolsa con restos de comida que animaba especialmente a sus perros.

Después de ellos, cuando ya no quedaba nada apetecible, cruzaban los camiones de recolección. Un par de operarios, de pie como lacayos en los estribos de una carroza, bajaba a remover los depósitos hasta que el brazo de la máquina se hiciera cargo. Procuraban lidiar con basura lo más intacta posible, y al toparse con uno de esos que hurgaban en los tanques lo despedían a gritos.

«¡Buzo de mierda!», los espantaban.

Traían palos para ayudar a la basura. Aireaban con esos palos lo compacto, removían lo que no quisiera desprenderse de las paredes de los tanques. Porque lo desechado intentaba persistir. Y, cuando se creería que no quedaba nada, del fondo de los tanques corría un agua fétida que consistía en el sudor de las cosas.

Los lacayos esperaban pacientemente a que escurriera esa agua de pantano y a que el brazo mecánico devolviera a tierra el tanque. Los palos les servían también para entenderse con el conductor, un tableteo en los costados del camión era la seña convenida para alejarse.

Perpendicular a ellos, a paso de escarabajo, cruzaba el camión que fregaba las avenidas. Sus cepillos en rotación trastabillaban en las esquinas donde los de recolección dejaban restos, y el operario maldecía entonces. Porque lo habían hecho a propósito, para involucrarlo. Procuraban trabarle el camino, meterlo también en la mierda, hacerlo bajar a tierra.

Los lacayos despreciaban a los buzos por carroñeros. Quienes manejaban fregadoras se creían superiores a esos lacayos obligados a lidiar con restos en calles secundarias. Y los que revolvían tanques junto a unos perros opacos no cambiarían su suerte por un trabajo en los camiones.

Cada una de estas especies peinaba la noche y se perdía. Como único acontecimiento quedaba entonces una línea de agua que corría hasta la cuneta. Una línea de agua sobre el pavimento y algo de fresco, eso era todo. Quien andaba por las calles a esa hora se encontraba lo más a solas posible con la noche.

«Suéltame lo que tengas que tratar conmigo», pedía entonces ésta.

Pues demasiado pronto vendría la bicicleta del primer madrugador y, detrás de ella, una plaga de iguales que conseguirían deshacer la noche.

La línea que dividía en dos sendas la avenida viajaba de Vladimir al horizonte. Las correas de la mochila lo cortaban por los hombros, tanto pesaban sus cosas. En el cielo del este quedaba poco de la noche y al oeste todo estaba indeciso. Cruzaron cerca de él las primeras bicicletas y desde algún parque próximo llegó el alboroto con que los pájaros saludaban al nuevo día.

ॐ

Abrieron la puerta principal, entraron los sepultureros. Luego llegó la gente de los archivos. Unas bicicletas-taxi aparcaron en racimo cerca de la entrada y, después de alguna algarabía, sus conductores se tendieron en los asientos de pasajeros a echar un sueño hasta que les cayera algún cliente.

Nadie respondió a Vladimir en el panteón. A la derecha de las dos hojas metálicas había estado alguna vez el apellido familiar. De ese apellido quedaba una letra vuelta al revés, fijada al muro por un solo tornillo. Él pegó un golpe a la letra de bronce y la devolvió por un instante a su posición verdadera. Calculó que si César se encontraba adentro sin querer abrirle, tendría que salir de allí en algún momento. Y como quien hojea revistas mientras espera, se dedicó a leer las inscripciones de los sepulcros.

Terminó por dormirse bajo un árbol desde donde podía vigilar el paso. Cuando el sol estuvo en lo más alto, decidió ponerse a cubierto. Fue a sentarse en el cruce de las dos avenidas principales.

Una nube de polvo y de flores marchitas se levantó muy cerca de él al poco rato. La mujer que barría la capilla echó una ojeada a aquel joven con mochila.

Con el avance de la tarde el cielo se encapotó completamente. Abrieron la capilla para uno de los entierros. Terminado el oficio, César apareció entre la gente que se detenía por un momento, miraba a las nubes y calculaba cuánto tiempo tomaría cruzar la avenida y escapar de allí antes del aguacero.

No pareció sorprenderle encontrarse de nuevo a Vladimir. Tomó asiento junto a él, le preguntó si traía cigarros.

«Coge», Vladimir abrió su mochila. «La que te prometí».

Le entregó una cerveza, sacó otra, y la puerta de la capilla se abrió sigilosamente a espaldas de ellos.

El montoncito de polvo que la escoba empujaba no valía esta vez el trabajo. La mujer se detuvo a observarlos sin disimulo, Vladimir escondió su cerveza, y el gas que escapó al abrir César la suya sonó ante la mujer como un eructo.

«Nos fuimos», declaró éste.

Llevó a Vladimir por una dirección que no era la del panteón. Y, con el pretexto de sacudir la escoba fuera de la capilla, la mujer los siguió con la vista.

Vladimir lamentó que estuvieran calientes las cervezas. Era su manera de avisar al otro que llevaba mucho tiempo esperándolo.

«Antier, cuando me fui de aquí, ya estaba cerrada esa puerta», señaló hacia la avenida lateral.

César asintió con la cerveza en la boca.

«La principal la cerraron poco después de que yo saliera».

Vladimir aguardó a que el otro terminara un trago larguísimo y dijera algo. Se encaminaban, después de un rodeo, hacia el panteón.

«¿Hay alguna otra salida fuera de esas dos?».

«Ninguna», reconoció César. «Esas dos puertas, o estar muerto».

«Pues cerraron las puertas y tú no saliste».

«¿Qué...?», César intentó hablar y se atoró con un sorbo.

«¿Qué vigilabas?», dijo al fin.

«¿Vigilar? ¡Yo no vigilaba nada! Estaba enfrente, en el bar. Tuve que meterme en el bar porque llovía, me encontré con una amiga y estuvimos...»

César lo interrumpió para averiguar de qué amiga se trataba y pareció gustarle que hubiera sido Susan. Luego de dudar entre dos sepulturas, colocó la lata vacía en la de la izquierda.

«¿Qué quieres saber tú?», preguntó a Vladimir.

Las primeras gotas de lluvia, gruesas, de verano, empezaron a caer. Sus primeros pellizcos en la tierra levantaron un olor tan fuerte que resultó irrespirable. Pero una acometida tamborileante disipó aquella miasma para alzar enseguida el más ansioso de los olores, el de la tierra que traga.

«¿Si pasé la noche aquí adentro?».

Hacia ellos avanzó un apretado frente de aguacero que, fila tras fila, borró todas las tumbas. Se volvieron tan próximos los dos que Vladimir pudo ver cómo corría cada gota por los huesos del rostro de César. E hizo con sus dedos el mismo camino de esas líneas de lluvia.

Daban uno con otro como dos ahogados a los que las corrientes del fondo empujaran hasta hacerlos tropezar. Él había perdido a alguien en la muerte y ahora venía a un cementerio a confundirlo con un desconocido.

«Quiero saber quién eres tú», pidió.

❧

César iba a cumplir cuatro años de edad aquel verano de marcharse del país junto a sus padres. La frontera acababa de abrirse, nadie podría asegurar por cuánto tiempo. Sus padres habían perdido los puestos de trabajo al reconocer que deseaban emigrar y pasaban todo el tiempo en casa, a la espera de ser visitados por un funcionario.

Tal visita era la última condición a cumplir para marcharse. Mientras tanto, resultaba peligroso salir a la calle. El peligro comenzaba en el mismo pasillo del piso en que vivían. Porque los vecinos que saludaban antes con tanta cordialidad vendrían en cualquier momento a gritarles, intentarían tumbar la puerta y atacarlos por querer marcharse.

«Justicia del pueblo», invocaban las autoridades.

Y la policía no estaba autorizada a inmiscuirse.

Padre, madre e hijo vivieron entonces lo que a César le pareció un montón de días sin encender luz que pudiese ser vista desde afuera. Por las noches, la pantalla del televisor resplandecía sin sonido alguno.

«No hay nadie, ya nos fuimos», procuraban convencer a los demás.

Sus padres hubieran dado cualquier cosa por ver en la puerta del apartamento el sello con que lo cerrarían cuando ellos se encontraran lejos ya. Prometían al niño que, de no hacer ruido y de jugar silenciosamente, los tres darían un viaje en barco.

«En un gran yate blanco», especificaba el padre.

Irían por mar hasta una tierra donde él podría comer todo el chocolate que quisiera. Y lo arrullaban describiéndole cada nuevo juguete que le llegaría.

De noche el padre caminaba hasta casa de unos parientes para buscar comida. Tenía que atravesar la guardia de una pareja de vecinos en la puerta del edificio y escurrirse luego por las calles.

Al menos durante las primeras madrugadas, consiguió no hablar de lo que encontraba en sus travesías. La realidad, sin embargo, pronto consiguió vencerlo, y cada nueva historia que traía resultaba más espantosa que la anterior.

Ninguno de los padres dormía ya a esa altura.

«¿Pueden haberse olvidado de nuestra salida?», preguntaba uno para que el otro contestara enseguida que de ningún modo.

Y, pasado un rato, quien parecía tan seguro en su esperanza devolvía la misma pregunta.

Lo que ninguno de ellos se atrevía a considerar era la posibilidad de que la gente viniera a repudiarlos. Los conocidos del edificio y otros a los que nunca habían visto, policías vestidos de civil, cualquier paseante que deseara sumarse a la violencia.

«¿Tendrá que pasarnos a nosotros también?».

El hecho de que fuera a ocurrirles encerraba, no obstante, alguna esperanza. Sería indicio de que ya se iban.

Una madrugada, el padre comentó que los vecinos de guardia lo habían saludado como antes. Con mayor cortesía quizás, porque recuperaban trato.

Padre y madre cuchichearon la noticia para no despertar a César, y estuvieron lejos de comprender que lo fatal se avecinaba.

Vino entonces a cumplirse la fecha en la que, como cada mes, la madre visitaba el templo.

«Olvídalo», decidió el padre en la víspera, y volvió a colocarse los audífonos.

Pasaba toda la madrugada escuchando a quienes llegaban al término del viaje y contaban sus peripecias.

Aparecieron las primeras luces del amanecer y la madre de César pensó que si aún se encontraban allí era señal indiscutible de que tendría que visitar el templo como de costumbre.

«Dejo de hacerlo», fue razón suficiente, «y puede que nunca salgamos de aquí».

De manera que se puso en camino.

«No me pongas delante lo terrible», pidió ella en su trayecto.

Atravesar las calles luego de tanto tiempo de encierro la hicieron creerse en otra parte. Era el mismo recorrido de todos los meses y esta vez no conseguía reconocerlo.

«Y ahórrale lo terrible a los míos», rezó a la imagen del templo. «Aunque si estuviera dispuesto que nos toque…»

Interrumpió sus rezos en ese punto porque empezaba allí lo inconvenible. Quiso, antes de regresar a casa, recibir las bendiciones del párroco. El párroco era viejo y se preparaba dolorosamente para decir la misa.

«No nos veremos más, padre», fue su despedida, aunque del mismo modo se hubieran despedido un mes antes.

El viejo padre citó palabras acerca de todo el sufrimiento necesario para llegar a la vida verdadera, y ella creyó en que aquel pedazo de oración conseguiría mantener a salvo a su esposo y su hijo. Hizo el regreso repitiéndola. Unas calles más sin abandonar la oración, y los tres estarían juntos de nuevo para lo que tocara.

La gente, sin embargo, vino contra padre e hijo en ausencia de ella.

«Cierra ojos y orejas», propuso el padre a César lo mismo que si fuera a entregarle algún regalo. «Y espérame aquí».

Lo escondió debajo de la cama matrimonial.

«Vuelvo enseguida. No salgas hasta que yo no vuelva».

Media hora después, la madre lo encontró acurrucado en el mismo escondite, con los párpados fuertemente apretados y las manos tapando sus oídos. Habían echado abajo la puerta y destrozado todos los adornos de la casa. En el piso mojado quedaban las marcas de una coreografía violenta, patinazos y huellas de zapatos de todos tipos. El televisor estaba hecho pedazos contra una pared.

«¿Qué viste? ¿Qué fue lo que oíste?», preguntó la madre al niño.

Rompían la puerta y el padre de César había lanzado contra ellos lo primero que encontrara, un cubo lleno. Ese cubo había herido a una muchacha. La muchacha iba a presentarse ante un juzgado para testimoniar la saña de aquel hombre. La frontera resultaba inatravesable.

«Nunca quise darle a ella», fue cuanto alcanzó a balbucear el enjuiciado. «Ni siquiera la conozco, nunca antes la había visto. No era yo quien la odiaba, fue el odio de ella contra mí».

Cumplió prisión y variados tratamientos psiquiátricos. El remordimiento por aquella muchacha herida no lo dejaba vivir en paz. Y, cuando tal remordimiento se aplacaba, le sobrevenía asco por sí mismo, por compadecerse de alguien que no era más que una mujercita enviada para torturarlos a él y a su familia. Al final, se colgó.

Señalado por la falta cometida por su padre, César creció con muy poco futuro a la vista. Todas las veces que intentó buscarse otro horizonte, irse, terminó más encerrado aún.

«La calle te parece una prisión, ¿verdad?», le escuchó al instructor policial de su segunda causa.

El tipo hojeaba el expediente de César.

«Y eliges pasar años detrás de las rejas. Los mejores años de tu vida, compadre».

Cerró el expediente como si el caso estuviera decidido.

«Tú nunca vas a salir de aquí. De aquí sale todo el que nos dé la gana y tú tienes que quedarte».

Guiñó un ojo a César.

«Vas a verlo».

La madre, mientras tanto, se hizo de otro trabajo y asistía todas las tardes al templo, que ahora tenía nuevo párroco. Pedía por el alma de su esposo y por el hijo que perseveraba en lo imposible y, a cada intento, caía en la cárcel.

Insistir en la idea fija de marcharse del país iba a hacerlo terminar como su padre. Cada salida suya al mar se convertía en un intento frustrado de suicidio.

La encerrona en la que se encontraban madre e hijo no tenía más salida para ella que la rendija a través de la cual se dirigía piadosamente a Dios. Y cada tarde daba gracias por continuar con fuerzas, gracias por cada día en que no se desplomaba.

Por ese hijo se apuraba en presentar ante la justicia papeles que hablaban de locura paterna, buscaba algún atenuante que lo devolviera a casa. Aunque a la larga, sin poder reconocerlo ante sí misma, llegó a preferir las temporadas que él pasaba en prisión. Porque al menos durante ese tiempo no andaba metido en la ciudad de los que reposan.

«¿Y qué es la justicia de los hombres comparada con la eterna de los cielos?», cabeceaba la madre en su banco del templo.

Ella pasaba el día entero fuera de casa, primero en su trabajo y luego en la iglesia. Por las noches no tenía televisor que mirar, así que se acostaba temprano. Podía entonces preguntar al hijo si acaso no contaba con espacio suficiente para hacer lo suyo en casa.

Trataba con él una cuestión de espacio, lo sabía. Convenían entre los dos los límites de una cárcel. César solamente tenía un par de sitios a dónde ir, su casa y un panteón, y el menos vigilado de los dos era el del cementerio.

✧

La puerta estaba abierta y entraba la luna. Vladimir demoró en darse cuenta de dónde se encontraba. Se vistió, cargó la mochila y salió del panteón. Tenía hambre y sed.

Avanzó sigilosamente hasta el muro lindante con la calle, y de una de las llaves dispuestas junto al muro bebió un líquido caliente con sabor a óxido.

«Agua muerta», se dijo.

Hasta el amanecer no habría salida de allí. Si en alguna ocasión le había tocado en suerte dormir al descampado y alguna borrachera le había impedido volver a casa, no era mucho más raro pasar toda la madrugada dentro de un cementerio.

Como quien tiene que pernoctar en ciudad extraña, buscó la dirección de su único conocido en ella. Intentó recordar el sitio donde estaba sepultado Renán, trató de colocarse en el mismo lugar desde donde siguiera su entierro. Buscó la jardinera donde dormía un sapo y, en las proximidades de la tumba, sin llegar a encontrarla, se puso a fumar.

Llegaban señales demasiado contundentes como para ignorarlas y él no se encontraba dispuesto a que fueran atravesándosele caprichosamente en su camino. De hallarse expuesto a enfrentamiento con fuerzas desconocidas, lo mejor sería que sucediera ya, sin más preámbulos. Había venido al cementerio del mismo modo que antes se dirigiera al ministerio de la guerra después de la guerra.

Tiró el final de su cigarro y recorrió calles que lo llevaron a una zona desprovista de estatuas por donde no recordaba haber pasado nunca antes. Aquel rincón del cementerio parecía devastado por el aire del mar, carcomido por el salitre. La luna de esa noche podría reflejarse allí en un mar borroso y el cementerio convertirse en costa, no terminar en muro, no tener del otro lado a la ciudad, sino a la línea de agua del horizonte. Mientras más pasos daba, más parecía acercarse al final de alguna tierra.

Frente a un par de edificaciones sobre pilotes tuvo que preguntarse cómo no alcanzaban a verse desde lejos. Resultaban, en la oscuridad, semejantes a cualquier edificio de apartamentos al que hubiesen retirado las paredes exteriores. Eran dos esqueletos de edificios.

En un sitio donde todo ocurría subterráneamente, éstos apoyaban en tierra la menor cantidad de superficie. Por los alrededores crecía un mar de hierba alta. Vladimir tocó el pasamanos de la escalera que llevaba al primero de los edificios, el viento hizo ondear las hierbas, y esa atmósfera marítima de oleaje y escalerilla de buque lo empujó a subir.

Una silla, probablemente la del guarda que vigilaba el sitio durante el día, lo esperaba al final de la escalera. No existían puerta ni paredes. Horas después de haber escampado, la lluvia filtraba a través del techo. Y todo el edificio parecía utilizarse como almacén de unas pequeñas cajas de metal barato, terminadas burdamente y anotadas con pintura negra.

Las hileras de cajas formaban paredes divisorias. A medida que uno se adentraba entre aquellas paredes, resultaba más estrecho el espacio disponible. Hasta el punto que Vladimir se vio obligado a descolgarse la mochila y a continuar camino de costado.

Hizo luz con su encendedor. Lo que empezara como un orden confiado a ángulos rectos iba poco a poco convirtiéndose en un verdadero laberinto. Y cuando decidió volverse atrás, tropezó con una escalera de mano y la echó abajo.

A diferencia de lo que pudiera esperar, la caída de la escalera no levantó ningún ruido. Las goteras del techo prestaban impasibilidad al lugar. Desde lo alto de la escalera de mano, Vladimir pudo tener una idea general de lo que parecía una peletería o biblioteca fantástica, dédalo construido con tomos o con cajas de zapatos que guardaban cenizas.

Encendió otro cigarro sentado en la escalera y se le hizo legible lo escrito en una de las cajas de la pared de enfrente:

«Ataúlfo Bernárdez Plana».

Pegó su espalda a la pared y sintió que dentro de una de aquellas cajas se agitaba algo vivo.

Tuvo que vencer la repulsión y el miedo para llegar a leer el nombre femenino, los números inscriptos en la caja. Pasó minutos a la luz del encendedor antes de atreverse a pegar el oído a la superficie metálica.

No escuchó, al final, ruido alguno y tocó con los nudillos sin que nada despertara.

❧

«¿Eres tú?», preguntó a la sombra entre los árboles.

César traía un palo y chistó para que guardara silencio.

«No te muevas», indicó a Vladimir en voz casi inaudible.

Hizo que fuera a acuclillarse junto a él detrás de unos sepulcros altos. Colocó el palo al alcance de la mano, y revolvió el contenido de la mochila del otro para devolvérsela descorazonadoramente.

«Espera a ver», anunció a Vladimir con un gesto.

Entre las filas de árboles vieron unas manchas. Las manchas se hicieron de mayor tamaño y de color más vivo. Eran brochazos de blanco, los brochazos que podían dar a entender en la oscuridad a una figura humana. Un hombre fornido y bajo de estatura, su ropa manchada de cal, se aproximaba a ellos.

César se dispuso a dar el primer golpe. El tipo miró hacia todos lados, no halló nada, y utilizó mucha cautela al alejarse.

«Uno de los que sacan cosas», susurró César cuando lo tuvieron lejos.

Si hubiera visto saltar a un cadáver, Vladimir no habría tenido mayor sorpresa.

«¿Y tú cómo lo sabes?», interrogó. «¿Lo has visto?».

«No he visto nada».

Había comprado a la mujer de aquel tipo los zapatos que llevaba puestos, de ahí lo sabía.

«¿Ésos?».

Vladimir intentó encender luz y, de un toque de palo, César envió lejos el encendedor.

«¿Quieres que nos encuentren?».

Lo que buscaba aquel tipo no era precisamente la próxima sepultura a saquear.

«Tuvo que habernos visto a uno de nosotros», aseguró César.

Vladimir tanteó a gatas el suelo en busca del encendedor.

«¿Hasta dónde fuiste?», lo interrogó César.

«¿Y tuvo que ser a mí a quien viera?».

César se puso en pie con extremo cuidado.

«Deja de buscar esa mierda. Ellos son tres, y los demás no andarán lejos. Tenemos que llegar al panteón ya».

Tomaron el camino más seguro que se les ofrecía y una luz aparecida de repente los obligó a echarse a tierra.

Era luz de un farol que iluminaba, hasta donde alcanzaban a ver, a dos hombres.

«¡Cargaba un saco lleno, que lo vi!», gritó a éstos un tercero.

César dio una palmada a la mochila de Vladimir como si hubiera dado con la solución de un acertijo.

Hubo un movimiento alrededor del farol, los hombres dejaron de verse, y la estatua de ángel de la tumba aledaña se llenó de luz dramáticamente.

César susurró orden de alejarse a rastras, pero Vladimir no obedeció. Era el mismo ángel que encontrara entre las imágenes del fotógrafo. El viento removía sus cabellos y el índice derecho sellaba sus labios, ordenaba hacer silencio.

Olvidado del peligro en que estaba metido, Vladimir alcanzó a ver cómo aquellos tres hombres se reunían para exhumar un cuerpo. Los vio sacar unas piernas. El ángel se iluminó otra vez, volvió a pedir silencio, y uno de los tres tipos se aferró a aquellas piernas como quien se ocupa de una carretilla, con la misma brutalidad y presteza.

Lo último que Vladimir pudo divisar fue la blancura de esas piernas, desprovistas ya de toda ropa. Y en el mismo momento en que levantaban el cuerpo por las axilas, se alejó de allí a rastras.

«No se te ocurra salir otra vez a menos que te estés cagando», advirtió César.

Dentro del panteón, se quitaron la ropa enfangada.

«¿Y tú a dónde habías ido?», preguntó Vladimir.

«A eso mismo, a cagar».

Vladimir dejó sus zapatos junto a los del otro. Tampoco ahora, en la oscuridad del panteón, conseguiría ver qué clase de zapatos eran.

«¿Tú sabías que venían de un muerto?», preguntó.

César dijo que sí. Habían despojado a un cadáver, no arrancado tiras de piel humana para fabricarlos. Todos los días podía tener pruebas de cómo la vida se nutría de lo no vivo para seguir. Y no había que hacer tanto interrogatorio por ello.

«Apártate un momento», pidió.

Se dedicó a patear el relleno de la colchoneta.

«Ya viste lo que hacen, ¿no? Si necesitas algo que puedan conseguirte», propuso César cuando la cama estuvo a punto, «sé quién vende lo que sacan».

Vladimir fue el último en dormirse. Pasado no supo cuánto tiempo, lo despertó la certeza de que alguien se encontraba a la puerta del panteón. Algo o alguien, aunque ninguna luz o ruido consiguiera avisarlo.

Vladimir se acercó con cuidado, y la puerta comenzó a ser arañada desde afuera.

«¿Qué pasa?», César despertó.

Quienquiera que se encontrara afuera dio muestras de impaciencia, sus rasguños se hicieron más rápidos.

César pegó una patada a la puerta y recibió como contestación unos ladridos.

«¡Y no acaban de cazarlos!», rechistó.

La manada que hacía vida dentro del cementerio se congregaba ante el panteón. Estaba de cacería.

Al amanecer se hizo legible lo que quedaba de inscripción sobre el mayor de los nichos.

«Omnis», leyó Vladimir.

Reconoció los zapatos de César cuando se calzó los suyos.

«Espera un poco más», recomendó el otro desde la colchoneta donde habían pasado la noche.

Él no contestó nada. Tenía que salir de allí inmediatamente, aunque lo mejor fuera esperar a que entrara algún carro fúnebre y llegara alguna gente.

El día estaba gris, caía una lluvia fina. Poco después de pasar el cruce de los dos caminos principales, Vladimir tropezó con tres figuras enfundadas en unas capas de color chillón.

«¿Lleva fuego, amigo?», le preguntó uno de aquellos hombres.

A sus pies descansaba un rollo de soga. Gracias a una barra de hierro mantenían abierta la primera tumba del día.

Vladimir contestó que no y percibió que, debajo de las capas, sus pantalones tenían manchas de cal.

«¿Y entra o sale?».

Del rostro de quien hacía las preguntas sólo alcanzaba a verse la nariz y la barbilla sin afeitar.

«Atravieso», dijo él.

La gente acostumbraba a cortar camino yendo de una a otra puerta del cementerio.

«Pues es muy temprano para venir de allá», declararon nariz y barbilla. «Ahora es que van a abrir aquella puerta».

A pesar de que un momento antes no contaban con fuego, los otros dos se juntaron para encender cigarros.

«¿Dijo mentira?», preguntó uno muy alto.

Y el que fumaba junto a él asintió.

«¿Qué es lo que carga ahí?», señaló a la mochila el interrogador.

«Ropa».

«¿Ropa? Vamos a ver si es verdad», propuso el jefe de la cuadrilla.

«Si es verdad», repitió el grandulón.

Vladimir quiso saber por qué tendría que permitirles revisar sus pertenencias. ¿Acaso eran ellos policías?

«Más que eso», contestó repleto de orgullo el tercero, que hasta entonces no había abierto la boca.

Vladimir supo entonces que era ése a quien César y él habían visto cruzar en la oscuridad, entre los árboles.

«Es que queremos quedarnos tranquilos», confesó con cierta dulzura el jefe. «Estar seguros de que no te llevas nada».

No había otra gente por los alrededores, eran tres, tenían con ellos un hierro y una soga, y Vladimir juzgó apropiado contribuir a la tranquilidad de aquellos tipos.

Los dedos más bien torpes del enterrador demoraron en dar con la abertura de la mochila. Con tal de que no la rompiera, Vladimir tuvo que prestarle ayuda. Y, otra vez con la mochila de su lado, se mostró reacio a entregarla.

«Pero si es nada más que tu ropa», consideró el jefe, «¿a qué le tienes miedo?».

«A nada», declaró él. «Yo no tengo ningún miedo».

Tropezó con los ojos del jefe y, al apartar la vista de esos ojos, descubrió que el grandulón le apuntaba al pecho con la barra de hierro.

«¿Que no tienes miedo?», preguntó éste.

El jefe apartó la barra de hierro.

«Supongo que hay que ser poco miedoso para pasar una noche aquí adentro», tuvo que reconocer.

Los tres hombres utilizaron como mesa de revisión la tapa de la tumba y expusieron sobre ella cada pieza de ropa. Sacaron primero la muda con que él se arrastrara camino al panteón. Cada una de las piezas restantes pasó de mano en mano.

«¿Y esto?».

El examinador principal hojeó un cuaderno a medio llenar. «¿Qué tienes escrito?».

Vladimir simuló ser un estudiante, y la noticia de que vinieran a estudiar el cementerio halagó al jefe.

«¿Sabes?», se dignó a tratar a Vladimir como colega, «hay gente que viene aquí a robar piezas de mármol».

«Piezas de mármol», repitió el grandulón.

«Las piedras de una sepultura aparecen luego en otra, con otra dedicatoria».

Ellos tres eran capaces de desvestir a un muerto, de tratar al cadáver como a una carretilla, pero eran idólatras de las piedras. Medraban con las últimas pertenencias de cualquiera, pero el mármol y lo que estuviese inscripto en él se había dispuesto allí para durar eternamente. Y de ningún modo podría sufrir reemplazos.

«Muy bien».

Ya podían quedarse tranquilos. El jefe sacó la carta de investigador conseguida por Lula y leyó en voz alta nombre, apellidos y dirección de Vladimir.

Nombre, apellidos y dirección fueron repetidas por el grandulón de la cuadrilla.

«Si algo pasa, ya sabemos dónde encontrarte», anunció el jefe. «Anoche estabas durmiendo allá, ¿verdad?».

«¿Allá dónde?».

«En tu casa».

«En mi casa, sí».

«Por aquí no queremos volver a verte», advirtió a Vladimir. «Ni de día, ni de noche. ¿Entendido?».

Vladimir asintió.

«Venga, denme esa cosa», pidió el jefe a los de su cuadrilla.

El tercero tuvo que sacar del bolsillo de la capa del grandulón algo que entregó al jefe. Éste abrió la mochila y echó el objeto adentro.

«Viene el hombre», anunció al devolver la mochila a su dueño.

Las gomas de un carro fúnebre chapotearon acercándose y las tres figuras envueltas en capas chillonas se desentendieron de Vladimir.

El carro aparcó lo más cerca posible. Los dolientes hicieron chocar paraguas y sombrillas, comenzaron a apiñarse alrededor de la tumba abierta y uno de ellos, renunciando a cubrirse, alzó la voz para hablarles del difunto.

La cuadrilla de enterradores empezó a calcular, por el aspecto de los asistentes, cuánto podrían sacar del muerto. Los dolientes vestían a sus muertos como si los llevaran a retratar por última vez, y quitarle de encima las cosas de algún valor resultaba menos extraño que habérselas dejado.

Una muela de oro tenía papel más importante que el de trono en un hormiguero. Un buen textil, las suelas de zapatos con poca andadura, no tenían por qué desaparecer con el muerto lo mismo que una viuda de la India.

«En la India», había explicado el jefe a los de la cuadrilla, «cuando el hombre muere tiene que morir la mujer».

Terminadas las palabras de duelo, tocaba a ellos cortar del todo el lazo con el difunto. Hacían deslizar la tapa del sepulcro del mismo modo en que un verdugo taja, sin compasión posible. Eran los últimos aduaneros y se alejaban camino de otra sepultura, dispuestos a próxima celebración.

Entre uno y otro entierro, el jefe de cuadrilla acostumbraba a repetir la historia del reloj de oro con el cual tropezara en la calle siendo joven. Su hijastro, el grandulón, retomaba invariablemente los finales de frases.

«Tenía que ser hijo de la parienta», explicaba el jefe cuando el retraso mental del muchacho se le hacía insoportable. «No repitas. Oye, pero no repitas».

Un matrimonio anterior le había dado al jefe dos hijos. La hembra vivía con su marido, el varón terminaba la universidad y estaba avergonzado del padre enterrador, aunque no le daba asco el dinero que éste pudiera pasarle. Al jefe de la cuadrilla de enterradores le quedaba este hijastro, más hijo que sus hijos.

Y nunca más encontraría un reloj como aquél. Fue en su juventud. No era enterrador entonces, ni habría soñado con llegar a ser jefe de cuadrilla. Le pasaba a menudo eso de tropezarse con objetos imposibles de devolver, con carteras sin identificación, con billetes. Luego iba a descubrir que alguna relación existía entre esas cosas y lo que sacaban de los ataúdes, pues sus hallazgos en la calle comenzaron a espaciarse hasta no ocurrir más.

«Debo haber forzado la suerte», lo explicaba.

«La suerte», estaba a punto de repetir su hijastro, aunque se aconsejaba a tiempo.

Y allí estaba, de jefe de cuadrilla, destapando tumbas sin casualidad ninguna. Andando entre las tumbas, en la oscuridad o a la luz del día, bromeaban con robar ropa y zapatos al primero de ellos que muriera.

«Yo por lo menos», concertaba el jefe, «dejo atrás quien me defienda».

Y señalaba al hijo de la parienta, que marchaba cargado con los instrumentos.

&

En el bar, frente al cementerio, baldeaban el piso. Vladimir pidió una caja de cigarros al camarero que hacía las cuentas.

Tan extrañamente como todo lo ocurrido durante la noche, acababa de recuperar su encendedor de manos de la cuadrilla de enterradores. Dos noches antes tropezaba con gente dedicada a salvar cosas de los tanques de basura, y luego le tocaba descubrir a quienes revolvían el interior de los sepulcros igual que si éstos fueran tanques de desechos, sin respeto por los cadáveres.

Todo lo que existía del otro lado de la calle, mármoles dedicados, estatuas de ángeles, letras de bronce sostenidas por un solo tornillo, flores en el agua muerta, no conseguía ocultarle el verdadero trasiego, el hecho de que todo cuanto pudiera imaginarse pasto de gusanos iba a ser devastado antes por peores bichos. La ciudad de los muertos era ese amontonamiento de piedras que servía de reino a una manada de perros.

El camarero terminó sus cuentas y encendió también un cigarro. Acababa de justificar las trampas de la noche, pronto llegaría su relevo. A su modo, hacía lo mismo que los tres de la cuadrilla. Ninguno de ellos podría remontar el mes con el sueldo que le pagaban, y no hallaban salida mejor que robar de su trabajo. Un camarero podía hacerlo con cigarros y cervezas, la cuadrilla de sepultureros tenía que intentarlo con objetos desenterrados.

El día aclaró sin dejar de llover, aumentó el tráfico en la calle. En un rato las sillas del bar volverían a estar en sus puestos, y quienes asistieran al primer entierro saldrían del cementerio a sus asuntos. La noche, a juzgar por todos esos signos, había quedado atrás. Vladimir apretó en su bolsillo el encendedor recuperado.

«Quiero que hagas una llamada telefónica ahora mismo», pidió a Susan.

Acabada de despertar, ella no hizo preguntas.

«Llama a la madre de Renán», indicó Vladimir. «Yo no la conozco, así que va a sonar menos raro que seas tú quien le hables».

Susan se aseguró de que él también tomara una taza de café con leche.

«Y vas a preguntarle qué hicieron con la ropa que Renán dejó».

Ella miró a un punto en la pared.

«Ya es tiempo de que se haya deshecho de esas cosas», cuestionó. «Si estabas interesado en algo, debiste haberlo dicho antes».

«No es que quiera nada», aclaró Vladimir. «Sólo saber».

«¿Saber qué?».

«¿Te acuerdas de los mocasines que Renán se ponía sin medias?».

«Nunca lo vi con medias. O, en todo caso, si lo vi con medias puestas fue hace mucho tiempo».

«Marrones, de piel buena, viejos ya. Pregúntale a la madre».

Con un trozo de pan mojado dentro de la boca, Susan trató de decir algo y el café con leche empezó a derramársele por la barbilla.

«Porque los vi de nuevo», contestó Vladimir sin dar tiempo a que se repusiera.

«¿En un sueño?».

Gruñó algo que podía ser tomado por una afirmación y Susan fue a hacer la llamada telefónica.

Regresó para servirse café en el fondo de café con leche de su taza.

«Lo enterraron con esos mismos mocasines. Le pusieron un par de medias blancas», tomó el encendedor. «Medias del padre, porque él no tenía ningunas».

Echó de lado la bocanada de humo para no perderse el rostro de Vladimir.

«Ahora cuéntame ese sueño».

Él se dedicó a aplastar con la cuchara las migas de pan humedecidas en café con leche.

«Me encontré en el cementerio con alguien parecido a Miranda», confesó por fin. «Tan parecido a Miranda que creo a veces que es Miranda mismo, y otras veces no sé de dónde saco el parecido y me pongo a esperar a que le vuelva. Tú lo viste, aquel muchacho que nos encontramos».

«El que encontró Tunder», rectificó ella.

«Ése. Tiene una cicatriz en el torso. Paso la punta de los dedos por esa cicatriz como si se tratara de un mensaje en relieve que debería entender, como escritura para ciegos, un subrayado. Agarro su cabeza y quisiera apretársela hasta quebrarla y que saliera un sonido, una sílaba que me contestara sí o no».

Bajó la voz hasta hacerla casi inaudible.

«Se la meto, y lo que consigo es dar brazadas en una piscina en la que nadé hace mucho tiempo. Topo con una pared que no se abrirá más, si acaso alguna vez se abrió. En el último de los lugares imaginables, en ese cementerio al cual Renán fue con un tipo porque no tenían dónde meterse, y donde, cuando ese tipo no pudo más, tuvo que encontrarse con otros, yo he venido a tropezarme de nuevo con sus zapatos. Porque el día de su entierro, mientras me entretenía con el sapo de la jardinera que tenía delante y al lado mío tú aguantabas las ganas de llorar, la cuadrilla de sepultureros simulaba terminar su trabajo y lo que hacía en realidad era cerrar la tapa con cemento flojo, dejar para más adelante el trabajo. Tú y yo discutíamos acerca del lunar que tenía en una nalga y Renán no estaba bien enterrado todavía. Le faltaba volver, ser zarandeado y que lo desvalijaran de sus últimas pertenencias».

La noticia afectó visiblemente a Susan.

«El que se pone sus zapatos tiene los mismos rasgos de Miranda», anunció él. «No estoy seguro de que no sea pura invención mía, alguien salido de mi propia cabeza, hecho de pedazos de gente perdida. Porque creo que yo también puse cemento flojo en la tapa de una tumba, sin acordarme luego de que el trabajo no estaba terminado y tendría que volver».

Vladimir revolvió la papilla de la taza.

«Renán se equivocó la noche de tu fiesta. El cementerio no es el lugar más imposible, Susan. No lo es si vas a encontrarte con alguien que sale de su trabajo y se apura por verte adentro, entre las tumbas. Ni siquiera cuando tropiezas con alguien que es capaz de vivir allá adentro igual que esos perros, sin leyes de domesticidad ni dueño, en falsa libertad… Un cementerio es el final del mundo, pero el mundo todavía. No empieza nada en él, no comunica con ningún otro sitio. Permanece tan cerrado como una embajada adonde puedes entrar sin haber alcanzado la frontera».

Los dos se miraron en silencio.

«A la muerte del mayor de tus hijos, tú viniste a vivir a la vista de todas esas tumbas. Has hecho que el paseo de Tunder cruce entre ellas. Nadie más que tú puede saber de qué te sirve».

Él no esperaba ninguna aclaración.

«Renán estaba equivocado», aseguró. «Imposible de verdad es el lugar donde se juntan dos cuando uno de ellos está muerto».

Tumba del nadador

Como de costumbre, la mujer encendió una vela, sacó de su cartera el espejo y fue a sentarse en uno de los bancos. Deshizo el primero de los nudos del pañuelo que cubría su cabeza, deshizo el segundo nudo, miró en el espejo su cabeza sin pelo, volvió a cubrírsela, hizo dos nudos de pañuelo, y abrió la puerta de la capilla.

Vio cómo se perdía un auto policial entre las calles del cementerio y no le prestó especial atención. Pero unos minutos después un segundo auto de policía dobló a toda velocidad y un camión siguió su mismo rumbo.

La mujer a cargo de la capilla esperó hasta ver salir el primer auto. Iba lleno, y ella alcanzó a reconocer a uno de los detenidos.

«Así te llevan», murmuró.

Examinó el cielo para saber si también esa tarde llovería, y fue después de responderse afirmativamente que vio venir a Vladimir.

Le pidió con un gesto que se aproximara.

Nadie más aparecía por los alrededores y Vladimir, sin embargo, tuvo la desconfianza de preguntarle si se dirigía a él.

Ella repitió su gesto. Fue a arrodillarse ante el altar e invitó al joven a hacer lo mismo. Pero él tuvo la excusa de no saber rezar.

«No importa que rece o no», pronunció la mujer apenas sin mover los labios. «Escuche solamente».

Arrodillado al fin, él esperó en silencio. A la derecha del altar ardía una vela, el resto de los candelabros permanecía sin encender. Fuera cual fuera el sonido por el que aguardaban, no parecía dispuesto a llegarles.

Vladimir escuchó a la mujer tragar saliva.

«No me gusta imaginar a qué vienen ustedes al cementerio», comentó ésta.

Él intentó responderle en el mismo tono neutro.

«No está obligada a imaginarlo»

«¡Oh, ya lo creo que sí!».

Parecían haberle hecho un cumplido y llenarla el temor de sonrojarse. La mujer cerró las manos en un solo puño donde recostar la frente. El pañuelo que envolvía su cabeza resbaló hasta dejar ver parte del cráneo liso.

«¿Para qué me llamó? ¿Qué quiere?».

Ella se ajustó el pañuelo, alzó la cabeza. Poco importaba que el joven levantara la voz, la mujer a cargo de la capilla iba a mantener su murmullo de ventrílocua.

«Lo llamé para advertirle».

«¿Advertirme de qué?».

«Del peligro que corre viniendo».

Vladimir acercó sus labios a una oreja de ella.

«Para alguien a quien no le gusta imaginar», le cuchicheó al oído, «me parece que usted hace demasiados esfuerzos».

Ella dio unos pasos sobre sus rodillas.

«No importa lo que imagine yo», se defendió. «Aléjese de ese muchacho. No lo busque más, váyase de aquí ahora mismo».

Vladimir se puso en pie dispuesto a marcharse.

«No va a encontrarlo ya», aseguró la guardiana de la capilla.

Una mirada de él sirvió como interrogación.

«Se lo llevaron», notificó la mujer en el mismo susurro de sus oraciones. «La policía está aquí adentro».

También ella se puso en pie.

«Escuche mi consejo», propuso a Vladimir.

Pero él no tenía tiempo que perder, y la mujer le aconsejó a nadie que dejase en paz a los muertos.

Vladimir encontró rota la cerradura de la puerta del panteón, abiertas de par en par las hojas de metal, y vacío el nicho que César usaba de depósito.

Una franja del piso mostraba su color verdadero, señal de que la colchoneta había sido arrastrada hacia fuera. Por los alrededores del panteón Vladimir sintió redoblado el silencio. Supo reconocer la calma que antecede a una desgracia, y escuchó una voz que daba órdenes.

Un tipo de uniforme hablaba por un walkie-talkie y pegaba distraídos puntapiés al bulto de la colchoneta.

«¡Identidad!», gritó hacia Vladimir antes de que éste lograra escabullirse.

Él sacó su documentación de la mochila y se acercó. A unos centímetros de la bota del policía, en el bulto de la colchoneta, descubrió un pulóver de César.

«Vladimir… Varela… Quintana».

El dueño de aquella documentación recogió el pulóver y el de uniforme lo observó como si se tratara de un loco.

«Suelte esa prueba, ciudadano».

Alejándose unos pasos, Vladimir preguntó de qué prueba le hablaba.

«Yo nada más quiero saber lo que pasó».

Él policía pegó la boca al walkie-talkie y un segundo tipo de uniforme vino hacia ellos.

Vladimir hizo una bola con el pulóver de César.

«Lo único que quiero es saber dónde está el dueño de esto», lanzó la bola hacia los pies del primer policía y mantuvo abiertos los brazos.

Le reventaron de un tirón las asas de la mochila, fue a parar al camión policial. En el momento en que lo encerraban, escuchó que afuera gritaban desesperadamente su nombre completo. Empujó contra la mano que le hacía bajar la cabeza y alcanzó a ver, a unos metros del camión, al grandulón de la cuadrilla de enterradores.

«¡Vladimir Varela Quintana! ¡Vladimir Varela Quintana!».

Dentro del camión había más de quince detenidos. César no estaba entre ellos.

«Se llevaron a dos en un carro», notició quien estaba al lado suyo. «Un blanquito y un negro que sacaron de un panteón».

«¡Vladimir Varela Quintana!», gritaba afuera el estúpido de la cuadrilla.

Una lona servía de techo sobre la armazón metálica. El calor era terrible. Vladimir encendió un cigarro, y otro de los detenidos le pidió fumar.

«Tú y yo nos conocemos», dijo.

Llevaba unas juveniles gafas de sol y tenía el rostro surcado por arrugas. Era el viejo a quien el fotógrafo entregara unas monedas allí en el cementerio. Vladimir le alcanzó un cigarro y tuvo que regalar otro al que estaba al lado suyo.

«No le des a más nadie», aconsejó éste en cuanto obtuvo su cigarro.

Afuera los gritos continuaban.

«¿Es tu nombre?», quiso saber el viejo con gafas.

Vladimir no respondió a su pregunta. Cerraron la capota del camión y quedaron completamente a oscuras.

«Va a empezar la película», avisó un detenido.

El camión arrancó. Alguien quiso saber a dónde los llevarían.

«A la más cercana», respondió el viejo tan cansadamente como si explicara un hábito.

«Qué va», descartaron al rato.

Ya era tiempo más que suficiente para haber llegado a la estación de policía más cercana.

«A otra entonces».

«¿A cuál otra?».

Ninguno tenía idea de por dónde atravesaban.

∾

Los dejaron en un patio.

«¿Me das otro cigarrito, Iván?», pidió el viejo.

«Vladimir».

«Ah, es Vladimir… A mí puedes llamarme Criatura, todo el mundo me dice así. ¿Es tu primera vez, criatura? Quiero decir», se apuró a explicar, «¿es la primera vez que caes en una redada?».

Él contestó que sí.

«Pues tienes suerte. Por ser tu primera vez, lo entenderán como escándalo público».

Vladimir preguntó a qué suerte se refería si no había hecho nada y se encontraba detenido en aquel patio.

Bajo las gafas oscuras se abrió entonces una sonrisa.

«Guarda bien esa capacidad de aparentar inocencia», recomendó el viejo. «A lo mejor más adelante te toca utilizarla».

Señaló con el cigarro a los detenidos allí.

«Mira el grupo que hacemos. No importa que no te sientas parte de nosotros, tu elección ha empezado a restringirse. Es lo que sucede en cuanto uno cae en la trampa».

Fumaba con los gestos de una gran dama. Vladimir le contó que había ido a parar al camión por investigar el paradero de un amigo.

«Pues que lo encuentres pronto», Criatura levantó en brindis su cigarro.

«¿Cuántos te quedan?», se acercó el que fuera vecino de camión de Vladimir.

«Te doy dos si no me pides más», convino éste.

«Dos, perfecto. Pero tú, ¿con cuántos te quedas?», insistió el tipo.

«Aquí están».

Vladimir colocó el par de cigarros sobre el piso de la galería donde estaban sentados y el tipo demoró en tomarlos lo mismo que si se tratara de una transacción desventajosa. Luego partió en dos el primer cigarro y pidió fuego.

Vieron cerrarse de nubes el patio y la lluvia redobló el encierro en el que estaban.

«Se empieza a estar pendiente del que traerá la bazofia que dan por comida».

Criatura no iba a quitarse sus gafas de sol aunque oscureciera. El aire deportivo de esas gafas desentonaba con las arrugas del rostro, pero él creía sacar un sello propio de aquella mala combinación.

«Y pronto estaremos pendientes de los brazos de un interrogador», consideró. «Pendientes del modo en que nos atraviese con la mirada».

El que fumaba los cigarros por mitades asintió.

«Bueno», suspiró Criatura, «es lo poco que se consigue y hay que aprovecharlo. Lo de menos es que esté precisamente en el tipo encargado de jodernos».

Vladimir no entendía sus palabras.

«Lo que no es deseo», formuló el viejo, «es miedo, ¿entiendes?».

Tampoco ahora lo entendía.

«Lo que no es deseo es miedo», Criatura repitió su fórmula sin más explicaciones.

Buscarían en cada uno de ellos el momento en que el miedo se hiciera insoportable, para eso estaban allí. Pero existía un modo de evitar llegar a ese punto.

Vladimir preguntó cuál modo era ése.

«Concéntrate en la visión del policía que te toque», develó Criatura.

Conservar la lucidez dependía, en muchos casos, de la atención a detalles tan nimios como el modo en que los vellos se inclinaban en el brazo del que hacía las preguntas.

«Si el interrogatorio pretende arrinconar, cualquier detalle minuciosamente observado tendrá que darte libertad. Considera las cosas como si estuvieran pasándote afuera. Un interrogador es también un hombre».

En el cuadrado de cielo que alcanzaban a ver se hacía de noche.

«Hemos llegado a un punto», lamentó Criatura, «en que la diferencia entre estar suelto y estar detenido reside únicamente en la cantidad de belleza que nos pasa por delante».

Se encendieron las luces de la galería y trajeron la bazofia que él pronosticara. Les avisaron de que en un rato la llave de la esquina del patio tendría agua para beber. Luego vinieron a recoger los cacharros vacíos y apagaron las luces.

Cada uno de ellos se arrinconó como pudo, decididos a pasar la noche en aquel patio.

«Adolfo Dieppa Armenteros», anunció bajo el cuadrado de cielo negro la voz de Criatura. «Madolina Guerra Prieto... Hugo Alayón Herrera...»

Llamó a la familia Nodar de Noa.

«Los Omarán... Hilarión Vázquez Madero...»

Eran nombres sacados de las tumbas. Podía recitar calles enteras del cementerio sin equivocarse en una lápida. Se sabía el cementerio de memoria.

«Librada y Elpidia Torres Calvo, hermanas...»

Vladimir logró dormirse y soñó con el mar de noche y, en medio del mar, con un cayo que se distinguía por unas luces de fogatas.

En una de las fogatas calentaban brea como si fueran a emprender la reparación de un bote. Al centro del cayo había una jaula. Dentro de ésta, un grupo de hombres encadenados. Vertieron brea caliente sobre la piel de los hombres. Llenaron de plumas las bocas que gritaban, descargaron sobre las quemaduras puñados de plumas. Brea y plumas formaron un amasijo sobre la piel de aquellos hombres hasta volverlos irreconocibles.

Una barca iluminada con hachones cargó con todos ellos. Las fogatas se consumieron una a una y, a punto de que la negrura se tragara al cayo, brilló ante los ojos de Vladimir la llama de su encendedor.

«Estás despierto ya. Otra vez en el patio, detenido».

Criatura dio una fumada a su cigarro.

«Lo siento», concedió. «No quise despertarte».

Devolvió el encendedor, la caja de cigarros.

«Te cogí este», dijo.

Vladimir fue a orinar contra la pared donde los otros detenidos habían orinado. De la llave salía ahora un agua fresca.

«Me gustaría saber», pidió Criatura, «hasta dónde llegaste en tu sueño, qué fue lo que pasó con esos hombres».

«¿Qué hombres?».

«Los del cayo, criatura. Los del cayo en tu sueño. ¿Nadie te ha dicho que hablas mientras duermes? Hablaste algo de unos hombres y un cayo, yo encendí el cigarro que saqué de tu bolsillo, y entonces despertaste».

Vladimir le contó lo soñado.

«¿Significa algo para ti?», preguntó Criatura.

«Nada».

«¿Quién consigue entender a los sueños?», lamentó el viejo.

Sus dedos desdoblaron un papel.

«Buscaba los cigarros y encontré este papel entre tus cosas».

Vladimir hizo luz para descubrir que se trataba del permiso oficial por el que Lula sacara cien dólares al fotógrafo.

«Yo en tu lugar», sugirió Criatura, «intentaría atravesar esa puerta con la ayuda de este papelito mágico».

Enseguida se dedicó a inventarle a Vladimir una coartada.

«Estabas en el cementerio y te confundieron con los otros maricones. Pero tú, a diferencia de los demás, te encontrabas allí por motivos de trabajo. No por placer, o morbo, o enfermedad, o cualquier otra razón que explique esa costumbre bárbara de meterse a singar entre los muertos».

Vladimir tomó el papel y llamó a la puerta.

«Si te vas, déjanos los cigarros», exigió el que los partía en dos.

La puerta se abrió un poco y él pidió hablar con un superior, mostró el permiso a través de la ranura.

Luego de unos minutos de espera, lo dejaron salir del patio. Lanzó la cajetilla a sus dos conocidos y lo último que supo de ellos fue que discutían por la posesión de los cigarros.

✁

Encontró el apartamento de Susan abierto, y a nadie en la terraza ni en la sala. El aire levantaba las cortinas, las hacía caer, y todo lucía como si hubieran cambiado de sitio los muebles o una nueva familia hubiera metido allí sus pertenencias.

En el cuarto de ella, sobre la cama, se amontonaba ropa desechada antes de salir hacia el aeropuerto. Un hilo de agua hacía que se desbordara la bañadera. Vladimir probó a cerrar la llave, pero lo menos que pudo conseguir fue aquel hilo, así que retiró el tapón.

El único sitio de la casa que le quedaba por examinar, la habitación de Óscar, no podía abrirse. Llamó varias veces, adentro no se escuchaba nada, y él rompió de una embestida la cerradura. También lo encontró vacío.

Finalmente dio con ella al salir del apartamento. Sentada en la escalera, Susan tenía cara de no haber pegado ojo en toda la noche.

«¿Dónde estabas metido?», fue su saludo.

«Acabo de romper una puerta por tu culpa», se quejó él.

«¿Dónde estabas metido que no fuiste conmigo al aeropuerto?».

«¿Qué haces sentada ahí? Ven, entra».

«Me cansé de llamar a tu casa».

Intentó ponerla en pie y Susan se negó. No iba a moverse de allí hasta que no regresara él o alguien trajera noticias suyas.

«¿De quién estás hablando, de Óscar?».

«¿Cómo va a ser Óscar, Vladimir? Óscar se fue».

Él cayó entonces en la cuenta de que había recorrido la casa sin tropezar con Tunder.

«Tunder tenía puesta la correa», recordó Susan, «íbamos a bajar, sonó el teléfono, pensé que eras tú, lo atendí, y él se escapó mientras yo hablaba con la novia de Óscar».

Ya lo había buscado por donde acostumbraban a dar su paseo, había preguntado por él a cada uno de los vecinos del edificio. Estaba segura de que, de algún modo, del modo en que los perros se enteran de las cosas, Tunder había sabido que Óscar los dejaba.

«Y salió a buscarlo».

«Mira», pactó con ella Vladimir, «dejamos la puerta abierta así y tú entras a tu apartamento».

Consiguió, por fin, llevarla a la terraza. No había por qué tomarse a la tremenda la desaparición de Tunder. Éste era un perro demasiado inteligente y volvería.

«No va a volver», pronosticó Susan.

Primero había pensado que Tunder regresaría antes de anochecer. Se hizo de noche y ella puso sus esperanzas en el comienzo del día. Y ya era de mañana sin que hubiera vuelto.

«Tómate lo que hay aquí».

Susan temblaba tanto que tuvo que agarrar con sus dos manos la taza de tila.

«Y un sedante», sugirió Vladimir.

«No hay pastillas. No me quedan».

Vladimir preguntó entonces por la ida de Óscar y ella cabeceó para indicar que sin tropiezos.

«Una sola cosa deseé toda la vida», necesitó alzar el índice y dejó a la otra mano el encargo de sostener la taza. «Mis amigas querían convertirse en médicos, o ser elegidas por su belleza, o darle la vuelta al mundo, y yo sólo quería tener una familia».

«Una familia», repitió. «Y ahora mira… Hasta el perro de la casa…»

La taza se hizo trizas en el piso. Ella fue a encerrarse un rato en el baño.

Regresó serena.

«Me alegro de que hayas venido», besó a Vladimir.

Luego lo llamó bestia, porque ahora tendría que buscar un cerrajero que viniese a arreglarle la puerta rota.

«¿Qué pensaste que había hecho?», sonrió con tristeza.

La casa abierta, la cama sin usar, el agua desbordándose en la bañadera, un cuarto cerrado… Vladimir intentó un gesto que le quitara importancia a todo aquel asunto.

«¿Que me había matado?», aventuró Susan.

Él asintió.

«No fuiste al aeropuerto, no llamaste en toda la noche, no estabas en tu casa, y yo pensé que también tú te habías ido», se le abrazó ella. «Sentí que me quedaba sola sola».

«Yo me pasé la tarde y la noche en una estación de policía», Vladimir se excusó.

❧

Tunder había hecho el camino de todos los días dentro del cementerio y, llegado al punto en que su dueña acostumbraba a permanecer sentada unos minutos, no tuvo que aguardar por ella. Aquel rincón pertenecía también a lo que dejaba atrás, a la casa.

Arrastraba la correa con que lo paseaban siempre y miró al extremo de ésta como si de allí fuera a llegarle alguna orden.

Descubrió el olor de otro perro y meó encima de ese olor hasta borrarlo. Aparecieron otros rastros y los trató del mismo modo, hasta que la vejiga no fue capaz de soltar una gota más. Entonces se halló en medio de un sitio sumamente atravesado.

En cualquier dirección que olfateara iba a descubrir huellas de otros perros. Dio con una mancha que el calor aún no había evaporado y, a unos pasos de ella, con un perro tuerto.

Los pelos de la barba de éste eran blancos. Un hombro lo tenía más alto que el otro, lo cual hacía más irónica la mirada de su único ojo. Por sus patas delanteras tan abiertas podía esperarse que de un momento a otro diera con el hocico en tierra.

«Así que por fin has venido», pareció saludar a Tunder.

Éste adivinó a sus espaldas la llegada de otro perro y se volteó. Ya eran dos contra él.

En alguna vida anterior habían recortado las orejas al último en llegar. Tenía ojos amarillos que se encargaron de examinar el círculo formado alrededor de Tunder, era el jefe de la manada.

Tunder les resultaba conocido. Lo habían visto de lejos, siempre acompañado, a unos pasos de su ama. En las tardes en que el cielo parecía empezar a ras de tierra, se atolondraba por ponerse a cubierto del aguacero, igual que un humano. ¿Se había fijado él en dos o tres manchas por el horizonte? Eran ellos, que cruzaban. ¿O vivía fuera del mundo, domesticado, sin noticias de aquella manada?

Tendría que aprender que todo no se reducía al plato donde le echaban la comida, que su intuición podía ser más larga que esa correa que arrastraba... Y si su ama no estaba por los alrededores, ¿qué hacía con aquel adefesio? ¿Le salía del cuello y no podía arrancárselo? ¿Formaba parte ya de su cuerpo, enorme por gusto?

El tuerto se aferró a la correa con los dientes, y Tunder reaccionó como si le mordiera el cuerpo. Ambos se enredaron en pelea, pero un ladrido del jefe obligó al viejo tuerto a abandonarla. Abierto de patas y respirando con dificultad, éste limpió de sangre de Tunder los pelos de su barba. Ya estaba allí la sangre, la manada reconoció el olor.

Tunder simuló lamerse la herida y cayó por sorpresa sobre el tuerto. Tironeó con las mandíbulas apretadas, sin importarle que los otros lo atacaran mientras tanto. Mordió hasta que la chispa del ojo solitario se apagó, temblaron los pelos de la barba, y el cuajo de espuma que salió del hocico del perro tuerto se mezcló con el polvo y con la sangre. Libre entonces de atacantes, Tunder echó una larga vaharada encima del vencido. Y vio resucitar al ojo único, que de inmediato se cerró para siempre.

La sangre del tuerto avanzó por la tierra como un ejército de hormigas, Tunder mojó en ella la punta de su hocico. El dolor lo obligó a cerrar un ojo para aliviarse. Ya el cerco parecía lo suficientemente roto como para escapar, pero él permaneció allí. Descubrió, bajo los ojos amarillos del jefe, una fila de dientes rotos a golpe de hierro en una vida anterior.

El primer desgarrón de esos dientes llegó a descubrirle el hueso a Tunder. Y si consiguió por un momento prenderse al cuerpo del otro, enseguida se desvaneció tal oportunidad. Perdió casi todo movimiento para una de sus patas delanteras, cayó a tierra su oreja derecha. La sangre apenas le dejaba ver de ese ojo. Salvo el resuello de su contrincante encima de él, no le llegaba aire.

Tunder supo que dejaba atrás su cuerpo, que remontaba camino hacia el origen del resuello aquél. Dio con una superficie de sangre en la que flotaba una burbuja. La burbuja explotó para que enseguida se abriera otra. Él trancó las mandíbulas sin importarle si acertaba o no, y un chorro hirviente lo devolvió, a una velocidad como no hubiera corrido nunca antes con sus cuatro patas, al círculo deshecho, sin jefe ya, de la manada.

Su vida no terminaba allí porque uno vino a lamerle la sangre acumulada sobre el ojo. Él gruñó en contra de tal favor, lo despachó. Tirado al lado suyo, quedaba el cuerpo del jefe de la manada. Y alcanzó a ver cómo los sobrevivientes se disponían a repartirse el cadáver del tuerto. Esperaban por su aprobación, tocaba al vencedor el mejor de los bocados.

La manada no obtuvo, sin embargo, seña alguna de Tunder. Éste comenzó a alejarse a rastras, y ninguno de aquellos perros jíbaros dedicó una ojeada más al rey que pudo ser.

Tunder adelantó unos pasos y el dolor lo obligó a echarse. Cayó en un sopor y salió de éste para emprender camino de nuevo. Creía haber hecho un largo tramo desde la pelea, pero el rastro de su sangre manchaba una distancia ridículamente corta.

El sol comenzaba a ponerse. Él se alzó sobre las patas delanteras y halló ante sí la línea de la costa. Sin saber cómo, había llegado al mar. El aire salado pareció reanimarlo, se arrastró por encima de las piedras. Era de noche ya cuando la espuma le mojó el hocico. Intentó entrar al agua y sólo consiguió revolcarse sobre sus patas delanteras.

Flotaba en el oleaje, comprobó más tarde. Cuando las olas levantaban su cabeza, alcanzaba a ver una figura humana en la costa. Con la cabeza sumergida, escuchaba que una voz familiar gritaba su nombre.

El golpetazo contra la orilla le hizo soltar un quejido larguísimo. Y al alzarse sobre las rocas, descubrió a Renán al lado suyo. De la oscuridad del mar salieron unas luces. Bordeando la costa con lentitud ceremoniosa, pasó frente a ellos una barca. En proa, un hombre dirigía la luz de un hachón hacia la costa igual que si pasara una uña por la línea de un mapa. Si distinguió a Renán y a Tunder, no les prestó importancia a aquellas sombras. La embarcación iba repleta de gente encadenada.

Cuando dejaron de escucharse los golpes de remos y se perdieron las luces, Renán no se encontraba allí y el mar había desaparecido. Unos vecinos avisaron a Susan de que su perro estaba medio muerto en el vestíbulo del edificio. Sin fuerzas para subir, recostada la cabeza en los primeros escalones, enseñaba los colmillos a quien intentara acercársele. No permitía utilizar las escaleras, y el ascensor estaba roto como de costumbre.

∽

Vladimir no dudó en identificar dentro de la iglesia a la mujer demasiado delgada, de pelo revuelto y descuidado. Tenía algo de César en los ojos.

Ella apartó la vista del recién llegado y le pidió que, por favor, la dejara terminar en paz sus oraciones.

«Está bien», acordó él. «La espero afuera».

En los peldaños que llevaban a la puerta una negra tenía en venta un cubo de girasoles. Vladimir compró tres y los llevó a la mujer que rezaba.

«Para que usted los ponga», dijo.

«¿Los compraste allá afuera?», investigó ella antes de tomarlos.

«Una vela me hubiera venido mejor», objetó cuando él dijo que sí. «Aunque, de todos modos, gracias».

No daría una gota de simpatía a nadie.

«¿Le compraste las flores a ésa?», preguntó a la entrada de la iglesia.

Apuntando al pecho de Vladimir, señalaba a la vendedora colocada detrás de él.

«Una bandida», la calificó con una mueca.

«Yo vine a buscarla porque usted es la única que puede reclamar a su hijo», le contó Vladimir.

Ella lo miró como si no entendiera.

«¿Otra vez lo cogieron yéndose?».

Vladimir negó con la cabeza.

«Fue en el cementerio».

La madre de César clavó la mirada en el cubo de girasoles de la negra, movió de lugar unas mechas de su pelo.

«Ya era hora», fue su único comentario.

Vladimir se brindó a acompañarla hasta la estación de policía y ella lo observó del mismo modo que al recibir los girasoles.

«Tendrías que esperar, todavía me demoro».

«¿No ha terminado con sus oraciones?».

No se trataba de las oraciones. Ella estaba obligada a permanecer en el templo hasta que cerraran las puertas. Así era cada día.

Sentado cerca de la bandeja donde ardían las ofrendas, Vladimir vio a los fieles encender sus velas en las llamas dejadas por otros. Nuevas ofrendas nacían de ofrendas anteriores, una petición hecha era acallada por un instante para dar origen a otra. Las exigencias se trenzaban, y brillaba ante el altar una maraña de pedidos que sólo la omnisciencia de un dios podría desenredar.

Cerraron las primeras hojas de las puertas del templo. La madre de César se persignó antes de apagar una a una las velas que brillaban en la bandeja. Sacó un cuchillito y escarbó la cera derretida para guardar aquellos restos en una bolsa plástica.

«Es a dos cuadras de aquí», indicó a Vladimir.

Subieron las escaleras de la casa de vecinos, ella llamó a la puerta entornada de un cuarto, y un perrito de ojos saltones, con cascabel y un azabache al cuello, se encaramó en el sofá para ladrarles.

La dueña del cuarto pegó al perrito con un trapo.

«¡Bájate de los muebles, demonio!».

En la blusa llevaba prendido un azabache igual al del animalito, y no tenía necesidad de cascabel alguno porque los pulsos que le cubrían ambos brazos anunciaban cada uno de sus movimientos.

«¿Es tu hijo?», preguntó a la madre de César.

Ésta mostró el contenido de la bolsa plástica y no contestó ni que sí ni que no.

«Tan bonito no digo yo si va a querer irse de aquí», comentó la dueña del cuarto.

Metió en la bolsa uno de sus brazos cubiertos de pulsos y removió el contenido.

«Pues deberías procurarte una extranjera o un extranjero con dinero, y ocuparte más de tu vieja», recomendó la mujer a Vladimir.

Aceptó la bolsa y pagó a la madre de César con una vela nueva.

Sonó el cascabel del perrito, éste intentó subirse al sofá para despedirlos, pero el trapo de su dueña fue más rápido.

«Hacen velas con lo que les dejo», explicó la madre de César al salir de la casa de vecinos.

Ninguna petición hecha en el templo terminaba de arder. Cuando hubiese acabado de brillar la luz de la vela, una mujer entregaría a otra la cera derretida y volverían a darle forma. Continuaría ante el altar con sus reclamaciones. Era una religión sin fin, inacabable, donde las peticiones volvían a hacerse, al parecer inatendidas.

«Cuando eres un desgraciado y tienes demasiado orgullo, lo único que puedes conseguir es convertirte en un maldito».

La mujer encontrada en el templo se refería a su hijo.

«Dispuesto a revolver la tierra de los muertos», dijo de César, «a meterse en el rincón de los muertos por un amor que no hace nacer nada».

Vladimir creyó que iba a tomarla con él, pero la mujer cabeceó de disgusto y no habló más palabra.

La esperó fuera de la estación de policía. Gracias a las averiguaciones de ella supieron que César se encontraba allí, encerrado en una celda, incomunicado. La madre agradeció al amigo de su hijo el aviso, los girasoles, la compañía hasta la estación. Lo despidió con un beso. Le dejó en la mejilla un poco de saliva y él se asombró de que aquella mujer pudiera tener húmedos los labios.

Después de varios días sin pasar por allí, Vladimir volvió a su apartamento. Abrió la ducha y salió un agua terrosa. Se afeitó y sacó de la mochila su mejor ropa. Sobre el tanque de la taza sanitaria descubrió el pedazo de libro salvado de la destrucción. Volvió a leer en él acerca de la ejecución de dieciocho hombres por el cargo de amujeramiento.

Cayo Puto era el islote donde los habían mantenido hasta la quema, y era el mismo cayo con el que había soñado él, detenido en el patio de una estación de policía.

ех

La música de la fiesta le llegó desde una calle antes. Quienes procuraban entrar sin ser invitados se arracimaban en la puerta. Él alzó su invitación por encima de las cabezas y el portero pidió a la multitud que le abriera paso.

«¡Yo vengo con él!», gritó uno.

Se juntó a Vladimir, le pegó en la ropa su perfume escandaloso, pero no le permitieron entrar.

Vladimir se escurrió entre los invitados hasta llegar al patio. Y, sentada sobre las piernas de un negro largo con aspecto de deportista, encontró allí a la mulatica recién casada.

«Ya pensábamos que no ibas a venir», saludó ella.

Le presentó a su padre, el negro de quien había sacado los pies de baloncestista. Le presentó a la esposa de su padre, una rubia flaca. En la mesa del comedor, atrincherados detrás de un muro de cajitas de cartón, Lula, el fotógrafo y la suegra de éste, conspiraban.

«Pruebe lo que preparamos», dijo la madre de la novia y entregó a Vladimir una de las cajitas. «De beber, ¿qué prefiere?».

«No te preocupes», le avisó Lula. «Vamos a darle de esto».

Tras el muro de cajitas escondían una botella de ron añejo. Lula sirvió a Vladimir dos líneas en un vaso plástico.

«¿Eres tú el de ese perfume tan empalagoso?», preguntó.

Él se olió la ropa.

«Debieron pegármelo al entrar».

«Y vestido de fiesta, ¿no podías dejar tu mochila en casa?».

Vladimir bebió un trago y sacó de la mochila unas hojas escritas.

«¿Entenderás la letra?», preguntó.

Lula echó una ojeada, aseguró que sí, y avisó al fotógrafo de que ya estaban allí, listas, las palabras para sus imágenes. Ahora sólo faltaba traducirlas.

Ella había dedicado horas de peluquería a su cabeza e iba dentro de un traje de chaqueta y pantalón que le asentaba cuanto era posible. Vladimir nunca la había visto de mejor aspecto y se lo dijo.

«Oh, deja aparte los comentarios personales».

Una revista leída mientras esperaba por su peluquera le había permitido enterarse de que no era de buen gusto hacer observaciones acerca del aspecto personal.

«Mejor cuéntame dónde diablos has estado metido», pidió a Vladimir.

Él le aseguró que si se encontraba esa noche allí en la fiesta se lo debía a la carta de investigador que ella le diera. Hizo a Lula la historia de su detención, prodigó elogios a la sagacidad de la abogada, y pidió a ésta que hiciera algo por liberar a César.

«Ah, pero si lo tienen incomunicado…», Lula cabeceó.

Era su modo característico de pintar difíciles las cosas. Aunque intentaría, de todos modos, ver qué podía hacerse por ese amigo de él, incomunicado y con dos causas anteriores. Por lo pronto, ordenó a Vladimir que terminara con la cajita de comida porque se proponía ponerlo a bailar toda la noche.

«¡A mover el esqueleto, matrimonio!», gritó al fotógrafo y a la mulatica.

Para hacer un espacio donde cupieran los cuatro entró como un buque rompehielos en la sala. Un giro inesperado suyo levantó carcajadas. La mulatica dejó a Lula a cargo del fotógrafo y se fue a bailar con un amigo.

Escucharon entonces, por encima de la música, la pelea de la puerta. El mismo tipo que procurara meterse en la fiesta gracias a la invitación de Vladimir se abría paso hacia la recién casada.

«¡Suelta al bróder!», advirtió a la mulatica.

Deshizo de un tirón la pareja, sujetó con sus dos manos la cabeza del que un momento antes bailaba, y pegó su frente a la de éste para hablarle en el tono cariñoso con que se intenta convencer a un loco.

La continuación de la fiesta pendía de ese diálogo en voz baja. Cuando alguien se acercó a sacar al intruso fue despachado de un puñetazo, y atrás quedaron dulzura y voz baja.

«¡Pinga a todo el mundo!», gritó el intruso a la gente de la fiesta. «¡Nosotros somos los Mulé!».

Su grito de guerra contagió al hermano que bailara tan pacíficamente con la recién casada, y ambos se lanzaron a desbaratar todo lo que se les cruzara en el camino. Parecían dispuestos a peinar la casa.

La flaca rubia empezó a dar gritos para evitar que el padre de la novia entrara a la pelea. Pero éste avanzaba hacia los hermanos Mulé como si se tratara solamente de un arbitraje de boxeo.

Lula, el fotógrafo y Vladimir fueron conducidos a la trinchera de cajitas del comedor, donde la recién casada no demoró en reunírseles.

«Ya, mi hijita», intentaba consolarla su madre. «Ya, Made, pasó ya».

«Yovani...», era lo único entendible del llanto de la novia.

«Cállate la boca, mi amor», le pidió la madre en un susurro.

Sonrió nerviosamente hacia el fotógrafo y se llevó a la niña.

Lula explicó a su cliente que una fiesta no podía terminar bien sin alguna pelea. El fotógrafo se ausentó para sacar dinero de algún nuevo escondite, y volvió con el pago final de Vladimir. Hizo a éste una invitación para que comieran juntos antes de que su esposa y él se marcharan del país.

Desde la sala volvió a llegar música y apareció la mulatica, de nuevo feliz. Ahora venía a buscar a Vladimir para que bailaran.

«¿Tú te acuerdas de lo que acordamos, verdad?», preguntó a él después del primer pasillo.

Sí que se acordaba.

«Pero no voy a darte ningún dinero», declaró Vladimir.

Ella no había trabajado como él para ganarlo.

«Yo te lo llevé a tu casa», dijo la mulatica del que ahora era su esposo.

Vladimir negó con la cabeza.

«Fue Lula quien me lo llevó. Yo a ti ni te conocía».

«Tú no dejaste que cogiera mi parte del adelanto que te dieron y me prometiste que iba a ser ahora…»

Ya no bailaban.

«¿No vas a darme mi cabezón?», lo conminó la mulatica.

Él respondió que no.

«Perfecto».

Un auto vino a recoger a los recién casados.

«Quiere regresar a su país cuanto antes», comentó Lula acerca del fotógrafo. «Le gustan mucho los derrumbes pero de visita, por un rato. Igual que a todo el mundo, ¿no? Un paseo, unas fotografías, las palabras que tú escribiste y que yo voy a traducir».

Tal vez el pasado no resistía más que cortas excursiones.

Antes de subir al auto, entre el montón de gente que la abrazaba en despedida, la mulatica dedicó a Vladimir una sonrisa radiante.

«Nada de rencor», pareció ser su mensaje. «Mira el carro en que me voy, no necesito tu limosna».

Lula pegó la cara al cristal de la ventanilla y sacó la lengua a los esposos casados por ella. Cuando el auto arrancó, se abrazó a la madre de la mulatica.

«Está feliz», le comentó.

«O en vías de serlo», consideró con más exactitud.

El matrimonio con el viejo fotógrafo serviría de tránsito a la muchacha para encontrar la verdadera felicidad.

«Ahora te toca buscar un abrigo», ordenó Lula a la madre de la recién casada. «Un buen abrigo para cuando ellos te inviten a conocer la nieve».

La perspectiva de verse envuelta en un abrigo en medio de la nieve llenó de lágrimas los ojos de la madre.

«Vamos, que yo misma me voy a ocupar de la cuestión de tus papeles para el viaje», prometió la abogada.

En la sala, la rubia flaca y el padre de la novia se encargaban de que todo el mundo alzara las manos. De que, acto seguido, las bajara. De que las moviera hacia la izquierda, de que las moviera hacia la derecha…

«¡Abajo! ¡Hasta el piso!», ordenaban al resto de los bailadores.

«Ya está borracho», pensó de aquel hombre su ex-esposa.

Si había venido por la boda de la hija, no tenía nada más que hacer allí. Sin embargo, él y su ridícula mujer rubia procuraban adueñarse del final de la fiesta.

«Será mejor que nos vayamos a casa», propuso Lula a Vladimir.

Llenó de cajitas la mochila de él, guardó en su cartera la botella con tres cuartos de ron. No se habían alejado mucho de la fiesta cuando, en la oscuridad de la calle, alguien les cerró el paso.

«Colega, ¿tú te llamas Vladimir?».

Vladimir reconoció en la oscuridad el perfume empalagoso. Un segundo tipo apareció a espaldas de ellos, eran los Mulé.

Él contestó que sí y Lula alzó la voz para averiguar qué querían.

«Cállate tú la boca, tambuche… Colega, tú llevas ahí cien fulas que son de mi hermano», señaló al que estaba a espaldas de ellos. «Y ese billete Made lo luchó para el bróder».

Ahora Vladimir comprendía la sonrisa final de la mulatica. Separó uno de los billetes y se lo tendió al hermano que boconeaba más. Pero un brazo venido de atrás agarró la plata y el mayor de los Mulé, frente a ellos, sacó una cuchilla.

Vladimir saltó a un lado.

«Ah», protestó Lula, «ya esto es otra cosa».

Dio unos pasos hacia el de la cuchilla.

«Y da la casualidad que este tambuche, como me dijiste tú, es abogada».

Su corpachón tocó la punta del arma.

«Piensa en ustedes dos sin salir de una celda durante años», empujó con su barriga. «O se la metes tú a tu hermano, o tu hermano va a tener que metértela a ti. No va a quedarles más remedio».

De no haber sido pateada en un tacón y perder el equilibrio, Lula hubiera seguido insultándolos. Vladimir tuvo que apurarse a sujetarla, recuperaron la verticalidad, y de los hermanos Mulé no quedaba por allí ni sombra.

Ella abrió la cartera para descubrir que adentro todo navegaba en ron. Tiró al piso el pico de la botella y se dedicó de inmediato a salvar sus cosas. Sacó el carné del partido, un cepillo de pelo. Las páginas que le entregara Vladimir salieron emborronadas de la cartera.

«¿Tienes copia de esto?», preguntó decidida a tirarlas.

«¡No puedo creerlo!», empezó a dar gritos cuando él le contestó que no.

Vladimir tuvo que tranquilizarla, prometerle que volvería a escribirlas cuanto antes, y aireó los papeles a la luz de un farol para enseñarle que no todo estaba perdido.

«Ayúdame a despertar a mi madre», pidió Lula cuando llegaron a su apartamento. «Si no me ocupo, se acuesta sin comer».

Consiguieron levantarla y la vieron sentarse en la cama para escoger, con los ojos cerrados, todo lo dulce que las cajitas contuvieran. Parecía capaz de adivinar con la punta de los dedos dónde se encontraban el azúcar. A Vladimir le pareció primero asombroso y luego risible.

«No te rías de mi madre», pidió Lula, aunque ella no tardó en sumarse a la risa.

Las carcajadas de ambos consiguieron que la durmiente despegara los párpados.

«Es la amitriptilina la que me pone así», confesó con voz de sonámbula.

Vladimir fue a acostarse en el sofá de la sala. Al amanecer lo despertó el tropezón de un cuerpo contra el mueble. La madre de Lula se marchaba de casa tan metida en el sueño como al escoger comida dulce.

Él fue a acostarse en la cama que desocupara ella.

«Lula».

La gorda desdobló un codo en la cama de al lado. Sus dedos apartaron el trabajo de peluquería destruido y asomó un ojo detrás de la almohada.

«¿Se fue mi mamá?».

«Sí».

«Tráeme un vaso de agua fría, anda».

Él le alcanzó el vaso.

«Acuérdate de lo que te pedí anoche en la fiesta», le recordó.

«¿Qué me pediste anoche en la fiesta, Vladimir?».

Ah, sí. Ya se acordaba, lo de ese amigo. En una hora desayunarían lo que su madre no hubiera tomado de las cajitas.

Vladimir tendría que dedicarse a la tarea de reescribir y ella, por su parte, haría unas gestiones por ese amigo en detención.

&

Lula tuvo a César delante y no alcanzó a reconocer en él al muchacho con quien tropezara un día, al salir del cementerio. Creyó verlo por primera vez.

«Cuanto hablemos no será recogido en tu expediente», le prometió, «y me será útil para sacarte de aquí».

César quiso saber si ella venía como instructora de su caso y Lula le dedicó una sonrisa.

«Yo no soy policía».

«¿Entonces qué viene a hacer aquí?».

La gorda volvió a sonreírle.

«Soy abogada. No en este tipo de casos, pero abogada».

«Abogada», repitió él como si no se lo creyera.

Lula trajo el nombre de Vladimir a la conversación.

«A él también lo detuvieron en el cementerio», dijo.

Aguardó por alguna reacción de César y, como ésta no llegara, agregó:

«Lo soltaron esa misma noche».

El muchacho frente a ella tampoco ofreció muestras de interés.

«Sabes de quién te habló, ¿verdad?».

«¿Cómo?».

Miraba hacia Lula de un modo muy extraño.

«¿Te sientes bien, César?».

Él contestó con un gesto indeciso.

«Estábamos hablando de Vladimir», retomó Lula el diálogo.

«¿Sabes quién soy yo?», preguntó él mirándola fijamente.

La abogada adoptó un aire de superioridad.

«Me dejaron echar una ojeada a tu expediente», reconoció. «Leí de tus dos causas anteriores».

«Entonces no sabes», remató César.

«¿Qué es lo que no sé?».

«No sabes, no te acuerdas».

«¿De qué no me acuerdo?», se removió incómoda en su asiento. «¿Tú y yo nos conocemos de algún lado, César?».

Por la expresión del detenido, no tuvo más salida que suponer que sí.

«Veo a mucha gente por mi trabajo, tengo buena memoria y no me acuerdo de haberte visto antes».

Él ladeó la cabeza como si sólo desde ese ángulo pudiese apreciarla.

«Acuérdate del primer juicio tuyo», ofreció como pista a la abogada.

«¿Mi primer juicio?».

Lula se puso a recordar y él no cabía en aquel caso.

«El primer juicio al que fuiste».

«Óyeme», explotó ella, «si estoy aquí es porque un amigo me ha pedido que te ayude. Personalmente no me ocupa otro interés. Así que no sigas con las adivinanzas, porque alzo el culo de esta silla y el sol no te va a dar en un buen rato».

«Okéi», concedió César, «no más adivinanzas».

Se enderezó en su asiento.

«Tú tenías una cicatriz en un muslo», anunció.

Lula metió una pierna bajo la silla. Aquella era del tipo de observaciones personales que recién comenzaba a evitar.

«La tendrás todavía», supuso él, «no importa que te hayas convertido en una gorda».

«¿...dónde...?», fue lo único que alcanzó a entenderse de lo que Lula preguntara.

Él prefirió regresar al asunto del juicio.

«Te hablo de la primera vez que fuiste a uno».

Lula juntó una rodilla a la otra.

«¿Cómo sabes lo de mi cicatriz?».

«Fuiste a ese juicio para enseñar la herida del muslo».

«¿De dónde sacas eso?».

Las estrechas ranuras de los ojos de César se clavaron en ella.

«El hombre al que enjuiciaban quería irse con su familia y tú fuiste a su casa. Te metiste en su casa para repudiarlo. Fuiste con un montón de gente y vino a tocarte que él te hiriera».

Hizo una pausa para sonarse con la mano y estrelló contra el piso el agua salida de su nariz.

«Ése que te hizo la herida se mató. Yo vi lo que le hicieron al meterse en la casa».

«Eras un niño…», Lula se oyó decir.

«Su hijo».

Quedaron en silencio hasta que él se puso en pie.

«También tengo la mía», enseñó a Lula la cicatriz del torso.

Era como si ambos estuvieran allí, sin importar lo que hubiese pasado, conversando de las marcas de sus cuerpos.

«No creas que es la primera vez que te veo después de tanto tiempo. Yo sé dónde tú vives, dónde queda tu trabajo. Me sé el número…»

«¿Para qué?», lo interrumpió Lula. «¿Para qué has averiguado todo eso?».

César pareció soltar un suspiro, pero sólo volvía a sonarse la nariz.

«Hace años tú entraste a mi casa sin que nadie te invitara», recordó. «Ahora vienes aquí… Si uno de nosotros sabe de qué sirve meterse en la vida de otro, ésa eres tú».

César daba por concluida la visita.

«Seguro que ésta no va a ser la última vez que nos veamos», prometió.

Porque la casualidad o la fatalidad, como quiera que llamaran a lo que los conectara una vez y aún seguía relacionándolos, no iba a conformarse con trabajar a medias.

«Una alumna de mi aula se iba del país, se iba del país toda su familia, y nosotros fuimos a su casa. Los de mi aula por la chiquita, y gente de otros años por un hermano mayor de ella. Después se nos juntaron vecinos, gente que no los conocía... No íbamos a atacar a nadie, de verdad. Íbamos por la alegría de gritar malas palabras, por la alegría de gozar dando gritos».

«Como si se tratara de una fiesta», comparó Vladimir.

Lula demoró unos segundos en aceptarlo.

«Como si se tratara de una fiesta. Terminó lo de aquella chiquita y quisimos que siguiera. Nos sentíamos igual que cuando se acaba la bebida, o mandan a apagar la música, o se va del lugar la persona por la que has ido. Yo tenía al lado mío a un muchacho de otro curso con quien siempre había querido hablar, y ese día me preguntó mi nombre y empezó a coquetear conmigo. Tropezamos con otro grupo de gente a la entrada de un edificio, se disponían a subir, y corrimos con ellos por las escaleras. El muchacho me halaba de la mano».

Continuaba la fiesta para ellos, así había llegado Lula a casa de los padres de César. En algunas fotografías de aglomeraciones acostumbran a indicar con una flecha a determinado personaje. De igual manera, metida en un montón de gente que tumbaba la puerta, ella había sido señalada por el golpe de un cubo.

«Fue sobre mí que cayó todo el orine de ellos».

La familia completa orinaba en un cubo por miedo a salir al baño colectivo. El cubo había rasgado un muslo a Lula y perfectamente hubiera podido sacarle un ojo, picarle la cara.

Ella odió a su agresor mientras le cosían la herida y los médicos certificaban que se había ejercido violencia. Celebraron el juicio, su agresor salió condenado, y Lula continuó odiándolo. Cada vez que la saya de uniforme escolar no conseguía ocultar la cicatriz del muslo, se le ofrecía oportunidad para ello.

«Fue por ese juicio que me hice abogada», reconoció.

Por la sensación de poder que aquella comparecencia en un juzgado prestara a una muchacha.

«Todavía no alcanzo a conformarme con pegar algunos gritos en casa de una ex-compañera y luego irme a sentar a la mesa con mis padres. Sigo inconforme, me falta diversión, y entro a hacer esa visita que termina con violencia… Un muchacho me habla, miro sus ojos, su sonrisa, y pienso en cómo será que su cara venga hasta la mía y nos besemos. No tengo idea de lo que va a pasarme un momento después por subir las escaleras corriendo detrás de él. Ni idea de que él se irá del país un año después y nunca llegaremos a besarnos».

La gorda suspiró.

«Es el pasado, hecho así de una vez para siempre».

«¿Y no sientes culpa?», preguntó Vladimir.

«No puedo decir que no me sienta culpable».

Su culpabilidad consistía en haberse metido, después de lo de su ex-compañera de aula, en una fiesta a la que no había sido invitada. Era una suerte de hermano mayor de los Mulé.

«Tampoco puedo decir que me sienta culpable», concluyó.

Aunque, culpable o no, estaba segura de que ya no quedaba nada por hacer.

«¡Pero tú ayudaste a que metieran en la cárcel a un hombre cuyo único delito fue defenderse!», protestó Vladimir. «Nunca encontró oportunidad de salir del país. Ni él ni su familia. Y se mató después».

«¿Vas a culparme de esa muerte?», lo encaró Lula. «¿Y qué estás pidiéndome? Pensémoslo por un momento, Vladimir. Supongamos que me ocupo de que ese muchacho salga en libertad… Sabe más de mí que lo que sé yo después de haber leído su expediente. Tiene averiguada mi vida. Conoce dónde vivo y dónde trabajo, mi número telefónico. No tienes idea de cómo ha sido nuestro diálogo allá adentro. Terminó amenazándome con que volveríamos a encontrarnos».

Sus razones dejaron en silencio a Vladimir.

«Tiene una cicatriz», agregó Lula.

Él asintió.

«Hecha en la cárcel, ¿sabes? Quiere decir que fue capaz de sobrevivir a una pelea carcelaria. Consigo que lo pongan en libertad y es capaz de partirme unos huesos, hacerme otra cicatriz, hasta matarme… De manera que yo expío mi pasado y él se va a la cárcel de por vida. ¿Es así cómo quieres arreglarlo?».

Vladimir tuvo que negarse a ello.

«Entonces va a ser mejor que no juegues a ser Dios», afirmó Lula. «No tiene arreglo, o el arreglo es éste, aunque no nos guste. Y hay muchas cosas en él que no me gustan».

«¿De qué arreglo hablas?».

«Del presente… De hoy mismo… De las cosas tal como están…»

«Yo puedo pagar porque lo saques», convino él. «Te doy la segunda parte de lo que me pagó el fotógrafo. Es todo lo que tengo».

Lula sonrió con tristeza.

«Vladimir, aun cuando yo actuara en este caso y las cosas se solucionaran tal como quieres tú, aun cuando pudiera cambiar mi pasado y el de ese muchacho, me temo que el tuyo seguiría igual».

Él la miró azorado.

«¿Por qué me dices eso?».

«Porque sospecho que de nosotros dos eres tú el que quiere expiar alguna culpa».

Tomaron en silencio el final de sus tazas. Vladimir se interesó por los detenidos con él, por la gente del patio, y Lula le informó que se habían llevado a uno y que el resto estaba libre.

«Trasladaron a ése que le dicen Criatura», afirmó ella.

Vladimir trató de averiguar a dónde y el silencio de Lula fue elocuente: al ministerio de la guerra después de la guerra.

«César estaba en el panteón con otro, ¿lo sabías?».

Él contestó que sí.

«También con antecedentes penales. Un negro».

«Sé quién es», reconoció Vladimir.

Lula preguntó entonces si conocía la casa de la madre de César.

«No, nunca he ido».

«No sé si es la misma donde estuve yo ese día», recordó ella. «Un cuarto en una casa de vecinos. Compartían el baño del final del pasillo con gente de otros cuartos».

«¿Y?», Vladimir la interrogó.

«¿No te parece raro que una familia viva sin baño propio, y tenga en el cementerio un tremendo panteón?».

Ella creía haber dado con algo que podría serle útil.

«Hazme un favor», pidió, «paga tú esto. Tengo un billete demasiado grande y no puedo esperar».

∽

Quince años después de la muerte de Miranda, Vladimir había regresado al internado donde se conocieran, donde él alcanzara a sobrevivirlo por dos cursos más. Escuchaba decir que el sitio estaba cerrado, que no lo utilizaban ya por haberse derrumbado parcialmente. Y se puso en camino para visitarlo antes de que desapareciera del todo. Emprendió un viaje al pasado.

Ya desde los alrededores, antes de llegar, alcanzaba a percibirse el aire de abandono del lugar. En poco tiempo la maleza terminaría por ganar completamente el edificio. Lo que desde sus inicios tenía el aire ruinoso de la arquitectura de esa época, se había convertido definitivamente en ruinas. De sus paredes había sido arrancada la carpintería y no quedaba ni una sola persiana en todo el edificio.

Era invierno, el viento soplaba por los pasillos y removía las matas crecidas entre las losas. Los dormitorios vacíos parecían más pequeños y a los pisos los cubría una capa de arena como si alguna vez hubieran sido inundados por el mar.

La tarde de la muerte de Miranda, el maestro de natación había llamado a Vladimir a la cátedra de deportes.

«Sé lo que pasa entre ese muchacho y tú», había asegurado en cuanto estuvieron a solas. «Miranda es su apellido, pero no sé quién es. Sé que te está esperando fuera de aquí y que tú vas a ir. Pero va a ser mejor que cambies de planes».

Porque Rueno tenía avisados a los de la cátedra militar y habían salido ya a sorprenderlos juntos. La cacería estaba comenzada.

«Vamos a nadar».

«¿Ahora?», le extrañó a Vladimir.

Pensó en Miranda, a quien tendría que avisar de alguna forma.

«Eres tú o él», dio a elegir el maestro.

El agua de la piscina había sido calentada toda la tarde por el sol. Vladimir nadó piscina tras piscina. Se hizo de noche y el maestro de natación encendió las luces. También él se tiró al agua. Alumno y maestro nadaron lentamente, no por hacer tiempos, sino por el placer de que los músculos de ambos parecieran de igual consistencia que el líquido que atravesaban. Por la felicidad de, a un movimiento de la nuca, comprobar que el otro iba parejo.

Compartieron, durante unas brazadas, la sensación de algo fluyente y maravilloso que escapaba, frágil como el reflejo de las luces en el agua. Y Vladimir llegó a olvidarse de Miranda y de cuánto pudiera ocurrirle a éste.

Al salir de la piscina, el maestro de natación le acarició la cabeza y él sintió deseos de devolverle el gesto, de frotar la palma de su mano contra las cerdas cortas que el cloro blanqueara.

«Ya pueden haberlo acorralado en contra tuya».

Otra vez surgía Miranda.

«No es de tu dormitorio ni de tu aula. No hacen deporte juntos… Si te lo encuentras, trátalo como a un desconocido».

Vladimir se lo encontró en el camino hacia el comedor. Miranda luchaba por contener las lágrimas, y la cabeza le temblaba ridículamente. Era la última ocasión en que se verían, y Vladimir siguió de largo. Se duchaba cuando oyó contar de un maricón a quien el jefe de la cátedra militar había sorprendido tirándosele a Rueno.

Era una de las noches libres de la semana y montaban las bocinas. Las luces del terreno de pelota estaban encendidas, el equipo de béisbol comenzaba su entrenamiento para el campeonato entre escuelas. La música, esa noche, iba a durar solamente unas pocas canciones. Porque verían encenderse las luces de la piscina, escucharían una alarma ininteligible, y todo el mundo echaría a correr hacia allá.

De la piscina, quince años más tarde, no quedaba nada. La cubría una rampa de tierra y un bulldozer descansaba encima de la rampa. El viento removía los harapos de lona del techo del bulldozer. Entre las palancas del equipo, Vladimir encontró un periódico enrollado y lo abrió como si fuera a hallar en él noticia de valor.

Escarbó al final de la rampa hasta que aparecieron los primeros azulejos del muro. Un perro salido de no supo dónde empezó a lloriquearle como si se conocieran. Tras el perro llegó un viejo con una escopeta. Las botas de goma que cubrían sus piernas eran exactamente iguales a las que usaban en el internado para los trabajos del campo. Debió ser ese detalle el que le hiciera tan familiar el viejo a Vladimir. Calculó que se trataba de una especie de guarda del lugar.

El viejo, sin embargo, se dedicaba a cazar con aquel perro llorón.

«Yo también estoy de paso», confesó Vladimir.

Preguntó al cazador si vivía por los alrededores.

«Hasta aquí hemos andado catorce kilómetros», fue lo único que consiguió sacar en claro.

El cazador silbó a su perro.

«¡Que volvamos a encontrarnos!», fue su despedida.

El espíritu del lugar se había presentado allí con viejas botas de trabajo.

Vladimir subió al techo de los dormitorios. En cada repliegue del asfalto y del papel impermeabilizante crecía ahora un arbusto. Unas cuantas semillas caídas del pico o de la mierda de los pájaros, y se alzaba en lo alto un chaparral.

Sin importarle el viento frío, esperó allá arriba a que se hiciera de noche. La luz de la luna entró en aquellas ruinas sin conseguir prestarles dignidad alguna. Un sitio de leprosos, habría dicho alguien de tener que adivinar la antigua naturaleza del edificio.

Buscó el local donde funcionara la oficina del director.

Allí le habían enseñado un papel para que reconociera la letra. Con la nota de Miranda en las manos, él había contestado que no tenía idea de quién podía haberla escrito.

«¿Serás capaz de decirnos que no va dirigida a ti?», preguntó la secretaria general del internado.

Él señaló al papel y dijo que no encontraba allí su nombre.

«¿Puede decirnos qué clase de relación tenían usted y el alumno Miranda?», disparó a quemarropa el jefe de la cátedra militar.

Vladimir contó que alguna vez se hablaban. No estaban en la misma aula ni dormían en el mismo dormitorio. Alguna vez habían conversado, sólo eso.

«Varela Quintana», el director clavó los codos en la mesa, «¿estás seguro de que es sólo eso?».

Él pensó en que acaso guardaban otra prueba. Le pareció que director, secretaria y jefe de cátedra militar echaban miradas impacientes a la puerta que comunicaba con la oficina de al lado. Y tuvo la seguridad de que detrás de ella se escondía Rueno, a quien no había visto desde la muerte de Miranda.

Quince años después, de la puerta no quedaba ni una astilla. Por cada hueco de la habitación entraba la luna.

«¿Cómo pude tener miedo?», preguntó a la vista de la luna invadiéndolo todo. «¿Cómo dejé que los culpables me acusaran?».

Por complacer a aquellos tres, para salvarse, él había sostenido que Miranda no merecía continuar allí, que nadie en el internado podría aceptarlo después de lo ocurrido. Porque Miranda traicionaba la confianza de sus compañeros y de sus educadores.

Los tres jueces dieron tiempo a que se extendiera en su discurso, no parecieron saciarse muy pronto. Dejaron que Vladimir considerara el suicidio como muestra de los problemas de carácter de Miranda.

«Muy bien», aceptó la secretaria.

Ya no importaba lo sucedido entre ambos alumnos, tenían frente a aquel tribunal un desprecio con todas las de la ley. Contaban ya con un desprecio y con un suicidio, el caso estaba terminado.

La secretaria levantó de la mesa la última nota que Miranda escribiera a Vladimir y la guardó en un archivo.

Si quince años después él había vuelto al internado era por causa de Miranda. Poner la mano en los azulejos del final de la piscina o esperar en el techo a que se hiciera de noche eran gestos invocatorios para que apareciera. Miranda vendría a su encuentro como el espíritu del lugar había llegado bajo la forma de un viejo cazador y su perro.

Los arbolitos de ocuje continuaban en pie a la entrada. Vladimir arrancó una hoja, se la dobló en los labios y silbó. Aguardó a que su silbido cayera sobre las ruinas y escuchó que ningún otro se levantaba en respuesta.

«No dejes que te venzan», le había aconsejado el maestro de natación.

Lo que ocurriera entre dos muchachos, o entre un muchacho y un hombre, tenía que ser mantenido en secreto. Pero, del mismo modo en que el maestro advertía a su alumno acerca de los peligros, quería decirle que esas cosas podían resultar maravillosas. Porque eran parte de la vida, aunque mucha gente las negara.

A solas en la cátedra deportiva, el maestro de natación cubrió de espuma de jabón la pelvis de Vladimir, le pasó una cuchilla para dejarlo como la primera vez en que lo descubriera sin ropas, detrás de un corro de alumnos mayores, el primer día.

«Hecho así de una vez», había dicho Lula del pasado.

Mientras Miranda caía en la redada, él había hecho piscinas. Había sellado su complicidad con los culpables del suicidio que iba a ocurrir en esa misma agua.

☙

Lula dejó pasar dos días y llamó.

«¿Dónde estás?», tuvo que preguntarle Vladimir.

Un ruido de ambiente le hacía imposible entender lo que ella conversaba.

«Son los músicos», explicó la gorda. «Estoy hablándote desde el teléfono de un bar. No salgas de tu casa, que voy a llamarte en cuanto la música pare».

Faltaban unos minutos para las dos de la mañana. Vladimir descubrió que en el bolsillo de la camisa le quedaba un cigarro.

Lula llamó por segunda vez y empezó a hablar del tiempo que llevaban de amigos.

«Vladimir, tú y yo nos enfrentamos a los temibles Mulé».

Él se echó a reír.

«Fuiste tú quien se enfrentó, Lula. ¿En qué bar estás metida?».

«Ay, siento mucho no poder decirte que vengas», lamentó, «pero estoy aquí por cuestiones de trabajo».

Con clientes extranjeros, quería decir.

«Tenemos solamente unos minutos para conversar», agregó, «hasta que ellos regresen».

Ellos eran los músicos.

«Dime cuánto has bebido, Lula».

«Tres o cuatro cervezas con un par de pizzas… Te estaba hablando de esos Mulé y sabes que tenemos pendiente una comida de despedida con el fotógrafo y la mulatica. Lo sabes, ¿no?».

«No creo que quiera verle otra vez la cara a ésa», reconoció él.

«Lo harás. Tendrás que hacerlo. Te he llamado por algo que te hará ir a esa comida. Pero tengo que ordenarme, tengo que ordenarme».

Hablaba como si cambiara de sitio los papeles de su mesa en el bufete.

«Lula, son más de las dos. Tú has bebido», Vladimir obvió sus protestas. «¿Por qué no tenemos esta misma conversación mañana por la mañana?».

«Porque tiene que ser ahora», se empecinó la gorda. «Es una idea que se me acaba de ocurrir. Se me ha ocurrido oyendo a estos músicos. Y es sobre César, y me imagino que tú quieras hablar de él sea la hora que sea y esté yo como esté».

Él convino en que sí.

«Somos amigos, Vladimir, ¿me entiendes? Yo me he sentido muy mal desde antier».

No a causa del mal rato dentro de la estación de policía, sino por él, por Vladimir, su amigo del alma.

«Por haberte dicho que no», reconoció la abogada. «Y lo he estado pensando, y te llamo para decirte… ¡hagámoslo!».

Debió haber dado un golpe en el auricular porque el ruido de la comunicación fue tremendo.

«¿Hacer qué?», averiguó Vladimir.

«¿No te dije que íbamos a hablar de ese muchacho? Olvida entonces lo que te conté al salir de la estación. Me ocuparé de que él salga libre».

«¿Aceptas entonces el dinero?», la interrumpió.

Del otro lado del teléfono hubo el mismo silencio que si la abogada se dedicara a contar uno a uno los billetes.

«¿Por qué? ¿Por qué me hablas de dinero?», se le escuchó al fin. «¿Por qué tú, mi amigo, tiene que hablarme de dinero? No quiero tu dinero. Es tu plata, te la ganaste escribiendo esas palabras tan bonitas. Estoy enamorada de esas palabras que traduzco, Vladimir. Y he pensado que a mí no tienen que importarme las amenazas de ese tipo. Voy a sacarlo, y después ya veremos… Lo hago por ti».

«Te hago este favor», propuso enseguida, «y quiero pedirte uno a cambio».

Él preguntó de qué favor se trataba.

«¡Ahí vienen!», Lula dio un grito como si el bar estuviera bajo metralla. «¡Los músicos! ¡Te llamo luego!».

Quince minutos después empezó la tercera de sus llamadas telefónicas con la misma cantilena acerca de la amistad que los unía. Tuvo que interrumpirla:

«Lula, arreglemos esto de una sola llamada. Dime cuál favor quieres».

Sin embargo, le tocó escuchar elogios de aquel texto que ella traducía para el fotógrafo.

«¡Aterriza de una vez, Lula!», le gritó con impaciencia.

«Aterrizo, aterrizo».

Se escuchó un ruido en la comunicación como si unos poderosos motores permitieran posarse en tierra al cuerpo de la gorda.

«Vladimir, lo sacaré de donde esté. Espero que no lo hayan trasladado, eso espero. Y, a cambio, me dejas poner mi nombre junto al tuyo».

Luego de tantas digresiones, no lograba entenderla.

«Firmar el trabajo contigo», aclaró Lula.

«¿Cómo si lo hubiéramos escrito tú y yo?».

Eso. No quería nada del dinero que le habían pagado a él por escribir, solamente aparecer como coautora. Al pronunciar esta última palabra se le enredó la lengua, ya habría agregado varias a las tres o cuatro cervezas iniciales.

«Por eso te dije que tendríamos que comer con él y con la mulatica», dijo del fotógrafo. «Porque va a ser la ocasión perfecta para que le confirmes que lo escribimos juntos. Para presentarnos frente a él como pareja de autores».

«Oye, no tienes que responderme ahora mismo», facilitó las cosas. «Puedo colgar, lo piensas bien, y te llamo en cuanto los músicos terminen».

La noche donde estaba, no importaba en cuál bar, era una pesadilla cíclica.

«No, espera, escúchame», la atajó Vladimir. «Voy a acostarme ya. ¿Es tu nombre junto al mío y César libre?».

«Libre», confirmó ella.

«Está bien, de acuerdo».

«¡Hagámoslo!», Lula gritó tan alto como ninguna música podría lograrlo en aquel bar.

Y al minuto llamaba de nuevo.

«Se me olvidó decirte que en estos asuntos no importa quién es la mujer y quién es el hombre», afirmó.

Él preguntó qué quería decirle con eso y la abogada tuvo la cortesía de explicar que el nombre de ella no tenía por qué aparecer de primero en el libro.

~

César pidió un cigarro, se lo llevó a la nariz sin encenderlo e inhaló profundamente. Vladimir le habló de la abogada.

«Ella necesitó algo de mí», explicó, «y negociamos».

César quedaba libre para hacer con Lula lo que estimara. Por terrible que fuera la venganza de éste, el tiempo no dejaría de pasar. Esa venganza quedaría en el pasado y el pasado, como afirmara la misma Lula, no podría cambiarse.

El muchacho prestó poca atención a aquellas palabras. Lo habían detenido sin razón, y ahora caminaba por la calle junto a Vladimir sin que tampoco ello obedeciera a razón alguna. No había para qué ponerse a tratar de entender lo que viniera.

«Este olor que pica en la nariz», pareció considerar solamente.

Encendió el cigarro. La brizna de picadura pellizcada en la lengua con la punta de los dedos, el humo que por unos segundos dejó flotar como una nube dentro de él... Después de tantos días sin fumar, ¿valía la pena ponerse a investigar por qué había llegado hasta él aquel primer cigarro?

Como tenía prohibido regresar al panteón, adoptó la costumbre de aparecer por el apartamento de Vladimir. No avisaba, sin embargo, sus visitas. No utilizaba el teléfono. De no encontrarlo en casa, era incapaz de dejarle una nota. Sentado en la escalera, podía esperar durante horas para luego quedarse solamente unos minutos. Y se marchaba con la excusa de que andaba de paso, no hacía más que darle una vuelta.

«Nada», contestaba cuando Vladimir le preguntaba qué quería.

Éste se interesaba en lo que hubiera hecho desde la última vez que se vieran, y César respondía también que nada. Eran muchas las preguntas que alcanzaba a resolver de tal modo.

«Pero, ¿dónde te metes cuando no vienes?».

«Por ahí», respondía.

Se consideraba a sí mismo en busca de algo.

«¿De qué?», lo interrogaba Vladimir.

«Tú verás cuando lo encuentre».

Abría el refrigerador, elegía alguna cosa, y no dejaba restos de ella. A escondidas tomaba ropa de Vladimir y luego aparecía con ella puesta. No aceptaba dinero, aunque de ir a buscar cigarros o cervezas se guardaba el cambio.

«¿Y qué haces tú cuando no estoy aquí?», quiso saber.

Porque Vladimir también parecía encontrarse allí de paso, recién llegado con todas sus pertenencias dentro de una mochila. Aquel apartamento no resultaba menos extraño que el lugar al que ya no podrían volver dentro del cementerio.

A veces dormían juntos. César despertaba de una pesadilla y bajaba a la calle y, horas después, volvía a meterse en la cama.

«¿De dónde vienes?», averiguaba Vladimir medio dormido.

«Bajé a dar una vuelta».

En la calle se había encontrado a alguien.

«¿Y a dónde fueron?».

«Aquí, a la escalera».

La luna daba en los zapatos que antes habían sido de Renán.

«Es él, que vuelve», se decía Vladimir.

Renán era quien obligaba a César a calzarse en medio de la noche y lo empujaba a recorrer las calles.

A la mañana siguiente, César salía de la ducha a zancadas como si lo apremiara algo muy importante. Se marchaba del apartamento y Vladimir observaba en el piso las huellas de los pies mojados, los pasos de un fantasma.

Vino un día con la noticia de que había encontrado lo que buscaba, le pidió a Vladimir que lo acompañara.

«¿Aquí?», Vladimir observó la fachada de un cine de mala muerte donde nunca había entrado.

«Tenemos que entrar».

Aquel cine funcionaba porque se habían olvidado de cerrarlo. Ni las recaudaciones de taquilla ni el gasto de electricidad conseguían recordar su existencia. Pasaban por él poquísimos espectadores y la proyección resultaba tan mortecina que no gastaba energía. Era la más irreal de las salas en la que Vladimir hubiese entrado. Exhibían copias que ningún otro cine aceptaría, inentendibles después de tantos cortes y empalmes.

Daban una película que ocurría en el Pacífico. César prestó instrucciones a Vladimir y éste se preguntó si tenían que haber ido hasta allí para terminar en un urinario.

«A la derecha de la pantalla», murmuró César al levantarse.

Vladimir aguardó unos minutos y le siguió los pasos. Bajó la pendiente de la sala, empujó la pequeña puerta a la derecha de la pantalla.

No halló adentro mucha más luz que en la sala de proyección. Detalló en la oscuridad un par de urinarios, dos cabinas, una de ellas clausurada. Abrió la puerta de la única cabina funcionando y no halló adentro a César.

Ya creía haber malentendido las instrucciones cuando un murmullo le ordenó meterse en la cabina clausurada.

«Pasa por debajo».

Vladimir se acuclilló para echar una ojeada por debajo del tabique que dividía ambas cabinas. En la clausurada no existía taza, se abría una cueva en la pared y dentro de esa cueva se escondía César. Él sacó su encendedor.

«Apaga esa mierda», susurró el otro.

Lo que hubiese descubierto después de tantas búsquedas comenzaba en aquella abertura en la pared. Vladimir reptó por debajo de la cabina, cruzó su mochila y se metió en la cueva.

Cuando estuvieron juntos en la oscuridad, César le prohibió que encendiera luz alguna. Caminaron hasta tropezar con unos escalones. Subieron tres escalones y dieron con una pared.

«Izquierda».

Vladimir siguió con una mano la pared, encontró el final de ésta y, al asomarse, descubrió un muro alto cubierto por una luz sucia, por sombras. En el muro se abría el Pacífico.

Entre el reverso de pantalla y el final del edificio quedaban unos metros de espacio libre. Para César era el descubrimiento de una franja de tierra. Recorrió esa franja con los brazos abiertos, en una felicidad que Vladimir no le conocía. César se libró del pulóver para transformarse en un torso brillante.

Las olas encrespadas hasta el techo rompían silenciosamente. Vladimir siguió con la vista los movimientos de aquel torso entre las olas. Como no alcanzaba a distinguir los brazos que peleaban contra el oleaje, el otro cuerpo llegó a parecerle una boya flotante en un mar de sombras, una caja caída de algún barco, un ahogado.

Él se aproximó a la pared. Tocó la luz grisácea que había en ella, y sintió un soplo leve en la punta de sus dedos, bocanadas muy breves que llegaban para enseguida retirarse, como en una respiración dificultosa.

Intentó apartar sus manos de la pared y no pudo. Unos brazos venidos de atrás, los brazos sueltos de aquel torso que las olas mecían, le abrieron la ropa. Por delante de él cruzaron mundos y vidas demasiado enormes como para entenderlos. Vladimir cerró los ojos y quedó a solas con la respiración de la pared.

Puso la boca en ella, empujó la pared con su cabeza, y el muro cedió. Pasó frente, nariz, barbilla, alcanzó a mover los labios del otro lado. Ya era capaz de atravesar paredes, capaz de conversar con los espíritus. Movió sus labios del otro lado de la pared, pronunció palabras ininteligibles, conversó con alguien.

A la última ola del Pacífico vino a juntarse la primera ola. Era un cine de función continua y un mar circular. Cuando Vladimir abrió los ojos, la pared se había transformado en un desierto gris sin imágenes. De atravesarla ahora, iba a encontrarse a una mujer barriendo lo que hubiese caído entre las filas de butacas.

Y, como si no hubiese salido de su propio cuerpo, él atendió al recorrido que el disparo de leche hacía por el reverso de la pantalla.

«No había oído a nadie a quien un muro se la parara», recordó haberle dicho a Renán en la fiesta de Susan.

El lugar más imposible no era aquel que unía a un vivo y al espíritu de un muerto, sino uno donde hubieran coincidido ambos en igualdad de condiciones, el pasado.

En la sala de cine la mujer terminó su trabajo de recogida. Apagaron las luces y, cerrado el cine hasta el día siguiente, Vladimir alcanzó a ver que otras imágenes poblaban el revés de la pantalla. Venían de las horas de película repetida, eran fosforescencia o memoria que la pantalla conservaba. Las olas volvieron a alzarse hasta el techo y, a espaldas de Vladimir, del nadador no quedaba ni sombra. Cualquiera de los dos que hubiera sido, César o Miranda, había nadado hasta encontrar su libertad.

La barca de la Inquisición

Caminaban a paso de perro cojo, detrás de Tunder. Susan dijo algo acerca de que pronto tendrían que sacar los abrigos. Un viento que empezaba a ser frío removía las hierbas secas entre las tumbas.

Tunder vigiló el horizonte mientras su dueña estuvo sentada en la tumba del hijo mayor. Más que una pelea con otros perros, parecía haberle pasado por encima mucho tiempo. Y la falta de una oreja le prestaba aspecto de malhumorado.

Vladimir no salió con ellos del cementerio. Prometió a Susan que subiría al apartamento dentro de un rato.

«¿Para qué vas a quedarte aquí solo?», lo interrogó ella.

Él se encogió de hombros. Cada vez que se avecinaba el invierno, parecía llegar el final de algo. Qué estuviera terminándose, no sabría decirlo. Se encogería de hombros en el caso de que Susan lo interrogara.

La vio perderse con su perro entre las calles de tumbas. Calculó que no tardaría en desaparecer la luz de la tarde. Contra el cielo gris, las hojas de los laureles, si es que eran laureles aquellos árboles, cobraban un color casi negro.

Entre dos que rompían la acera con sus raíces, las paredes del panteón repetían el motivo de alas de ángeles. La puerta de metal liso cedió cuanto lo permitió la cadena con que la policía dejara cerrado el panteón.

Vladimir miró la capa de hojas que cubría el piso del interior. Alguien silbó a espaldas suyas y él se volvió para encontrar una bicicleta-taxi.

El tipo que la conducía, con audífonos puestos, señaló a su pasajero, y Vladimir demoró en reconocer a la figura medio oculta tras la red que caía del techo.

«Vi salir solos a la mujer y al perro cojo».

Sentado en el asiento trasero de la bicicleta-taxi, envuelto en un abrigo, Criatura estaba irreconocible. Pesaba unas quince libras menos e iba sin gafas.

«Sube, criatura».

Hizo lugar a Vladimir en el asiento y, cuando éste estuvo junto a él, tocó un hombro del taxista para indicarle que pedaleara.

Vladimir quiso saber a dónde iban.

«A ningún lado», contestó su compañero de asiento.

Había encontrado el mejor modo de permanecer dentro del cementerio sin correr peligro, sobre una bicicleta.

«Qué bueno que volviste», dio una palmada sobre el muslo a Vladimir.

Buscó los huesos de la rodilla del joven y los apretó como quien estrecha una mano. La suya temblaba ligeramente.

«Hoy también voy a pedirte un cigarrito».

Vladimir sacó dos.

«Tú volviste también», comentó.

«Ah, en mi caso no es noticia».

Cruzó los brazos para arrebujarse en el abrigo. Sus ojos eran de color agua. La piel de alrededor de aquellos ojos no había estado nunca expuesta al sol. Vladimir le preguntó por qué no llevaba sus gafas habituales.

«Las perdí cuando me trasladaron», explicó Criatura. «Cuando te hacen preguntas quieren verte los ojos».

«¿Y estás bien?».

«Bien, criatura», el viejo expiró hondamente.

Quiso saber si Vladimir había dado con el amigo que buscaba, y qué había sido de su sueño en la estación de policía.

«¿Qué fue del sueño?».

«Si volvió a presentársete», se explicó Criatura.

«No. Nunca más».

De la mano temblorosa cayó, a medio fumar, el cigarro. Se enredó en la red que bajaba del techo y el viejo alcanzó a recuperarlo.

«Para evitar que le roben al que viaja aquí», informó acerca de la utilidad de la red.

«No he vuelto a tener ese sueño», reconoció Vladimir, «pero encontré el nombre del cayo».

Las pupilas de agua lo miraron fijamente.

«Cayo Puto», mencionó Vladimir.

El ciclista detuvo su trabajo y se volvió hacia ellos. Atendió tanto al cigarro que fumaba Vladimir, que éste se decidió a brindarle uno.

«Déjalo, que no fuma», indicó Criatura.

El tipo llevaba audífonos que lo aislaban y tampoco parecía reaccionar a lo que colocaran ante sus ojos.

«Le ha cogido miedo a trabajar en la calle y viene a trabajar aquí, a esta ciudad vacía».

Taxista y cliente parecían apoyarse uno en el miedo del otro.

«Dime cómo encontraste ese nombre», exigió el viejo en cuanto retomaron la marcha.

Obligó a Vladimir a contar lo sucedido con sus libros. Se hizo contar lo del letrero en la pared y cómo todas aquellas cosas habían hecho que el otro visitara el ministerio de la guerra después de la guerra.

«¿Y tú a qué fuiste hasta allá?», el viejo no salía de su asombro.

«Pensé que podía ser cosa de ellos».

«¿Y ahora qué piensas?».

Vladimir tardó en aventurar alguna hipótesis.

«¿Crees que el pasado pueda regresar?», soltó al fin.

«¿Cuál pasado?».

Criatura parecía dispuesto a aceptar tal posibilidad en dependencia del pasado que se tratara.

En el caso de lo escrito en la pared, se repetía algo que le ocurriera a Vladimir muchos años antes, en el internado. César repetía a Miranda. Pero, a qué momento del pasado pertenecía el episodio de los libros destruidos, no podría decirlo.

«Olvídate ahora de esos libros», recomendó Criatura, «y vuelve a tu sueño».

Vladimir miró a los ojos sin color.

«Puedo contarte cómo sigue», aseguró el viejo. «Sé lo que habrías visto de no despertar».

Tiró el final de su cigarro.

«He tenido ese sueño», confesó. «Otros también lo han tenido. El mismo sueño siempre».

En un mar de hierba que el viento hacía ondear se alzaban dos edificios en esqueleto.

«Supongo que te gustaría saber en qué momento las cosas empezaron a cambiar para ti».

El taxista detuvo la bicicleta y sacó un machete y un saco.

«Va a cortar hierba», explicó Criatura. «Engorda a sus conejos con hierba del cementerio».

Llegó hasta ellos el sonido del machete.

«¿No encuentras ninguna relación entre tu sueño y la visita que hiciste al ministerio? ¿O piensas que no llega a interceptarse lo que hacen dentro de esa villa y lo que ocurre en el cayo cada vez que alguien lo sueña?».

Vladimir preguntó a Criatura por qué lo habían trasladado de la estación de policía al ministerio, qué buscaban con ello.

El viejo metió sus manos dentro del abrigo.

«El camino a Cayo Puto», pronunció lentamente.

El tipo de la bicicleta, de vuelta ya, quiso colocar el saco lleno de hierba recién cortada a los pies de sus pasajeros.

«¡Ponlo arriba!», gritó Criatura indicándole el techo.

Sin importar lo incómodo que viajaran, el ciclista levantó con un brazo las piernas del viejo y dejó el saco allí. Puso en marcha su vehículo.

«Me preguntaste si el pasado puede volver», recordó Criatura con los pies en alto. «¿Crees que si volviera iba a tocarte estrictamente tu cuota personal? ¿Sólo la vida que viviste antes?».

De responder a tal pregunta dependía la decisión que Vladimir tomara.

«¿Decisión sobre qué?», preguntó al viejo.

«Buscaré una manera rápida de explicártelo, criatura».

Su búsqueda duró unas cuantas calles del cementerio.

«Subir o no a la barca», dijo al fin el viejo.

Se refería a la barca que viera en el patio de una estación de policía, mientras soñaba. A la barca de los condenados.

Vladimir intentó determinar si le hablaba en sentido figurado, y el viejo echó una carcajada.

«¿Me hablaste tú en sentido figurado cuando dijiste que el pasado volvía?».

Él tuvo que reconocer que no.

«La barca de la Inquisición», reafirmó Criatura.

Vladimir encendió otro cigarro.

«¿Subir para qué?».

«En un sueño pendiente no existe el para qué, criatura. Vas a aprenderlo cuando se te repita».

Puso una mano en el hombro del taxista y la bicicleta se detuvo. Vladimir comprendió que era hora de bajarse.

«Sé el momento en que las cosas empezaron a cambiar para mí», anunció al abandonar el asiento de la bicicleta. «Yo estaba en una fiesta y un amigo me contó que venía aquí, al cementerio».

La mano de Criatura descansaba sobre el hombro del taxista.

«Renán dijo que este era el lugar más imposible para dos hombres», recordó Vladimir.

«Renán», consideró Criatura. «Rubio él, con cara de arena meada».

La descripción de aquellas marcas de acné impresionó tanto a Vladimir como si escuchara de labios del viejo la pudrición del cuerpo de su amigo muerto.

Criatura le clavó sus ojos de agua.

«Renán va en la barca», pronunció en un susurro.

Levantó la mano del hombro del otro y se pusieron en marcha.

«Ciro Rimada... Rosario Mayea Salvasán... Familia Prego...»

La voz de Criatura recitaba de memoria los nombres de las lápidas junto a las que la bicicleta-taxi pasaba.

«Amado Ambrón Monté», le escuchó. «Héctor Primo Pupo... Concepción Columbra Matos...»

Dejaron de entenderse los nombres y llegó hasta Vladimir solamente un murmullo.

ভ

Asomado a la terraza del apartamento de Susan, la mancha negra del cementerio a la vista, Vladimir rememoró lo más exactamente posible el diálogo que sostuviera en aquel mismo lugar la noche de la fiesta. Intentó recordar cada frase de Renán porque sospechaba que éste había querido darle a entender algo acerca de ese grupo al que pertenecían Renán, Criatura, él mismo...

Cada uno de ellos había visitado el cementerio con frecuencia. Se habían acercado, sin proponérselo o no, a otro mundo. Más extraño que la manada de perros que campeaba dentro del cementerio o que la cuadrilla de sepultureros que trasegaba objetos de los muertos, ese grupo compartía un mismo sueño. El objeto de sus búsquedas, Vladimir no sabría enunciarlo. Si acaso formaba parte de una secta o de una logia, desconocía los reglamentos de ésta. Había sido elegido por un sueño.

No pasaron muchas noches sin que volviera a presentársele tal sueño. Otra vez la jaula entre fogatas, las fogatas en medio del mar oscuro, los hombres detrás de los barrotes… Los rostros de los condenados, irreconocibles tras la brea y las plumas, cruzaban el reverso de pantalla de un cine de mala muerte. Un vehículo a ratos barca de la Inquisición y a ratos camión policial, llevaba a los condenados hasta la plaza donde arderían. Y, mientras daban lectura a los cargos («amujerados», alcanzó a escuchar él), uno de los verdugos no encontró mejor entretenimiento que la destrucción de algunos libros. Arrancó páginas de los volúmenes para lanzarlas a la leña apilada.

Vladimir despertó con el incendio de esas páginas. De momento no supo en dónde se encontraba. Salió al balcón y sintió frío. Faltaban unas horas para el amanecer. Buscó su encendedor, la emprendió con el primer cigarro del día, y supo que esa misma mañana tendría que regresar al cementerio.

Estudio crítico

Sobre Eros y tumbas

Guillermina De Ferrari

Buscando preservar una visión personal de la literatura, el escritor cubano Antonio José Ponte (Matanzas 1964) estudia la carrera de ingeniería hidráulica en la Universidad de La Habana. La profesión elegida, practicada y abandonada, se cuela en su escritura en la obsesión por mapas, ciudades, edificios y ruinas. Ahora bien, al profundizar en la obra de Ponte la carrera se revela como metáfora de la fluida arquitectura de su escritura, que canaliza no el agua sino el deseo —erótico, intelectual y estético— por múltiples mundos narrativos ante la presión de mecanismos literarios minuciosamente calculados. A Ponte, que hizo carrera como escritor en La Habana de los noventa y primeros 2000, se lo considera uno de los autores cubanos más originales, según Daniel Balderston. La poeta Reina María Rodríguez aplaude su imaginación, el erotismo sutil de su escritura, la elegancia que surge de cuidar la precisión de los verbos, evitando los adjetivos. Poseedor de una prosa excepcional —«*un* estilo, personal y discernible», dice Rafael Rojas—, Ponte es creador de un lenguaje capaz de revelar las misteriosas conexiones que sostienen los mundos ficticios que todos habitamos[1].

La formación literaria de Ponte no se debe tanto a un plan de estudio sistemático sino a la combinación de determinación y azar en una Cuba tan impredecible en los títulos que publica como en los que prohibe. De las eclécticas bibliotecas de sus

---

[1] Véase Balderston 2009, Rodríguez 2009 y Rojas 2006.

abuelos y la poesía de Rubén Darío, recitada por su abuela con gracia casi profesional, pasa a la caza de libros recomendados por jóvenes escritores amigos y algún vecino estudiante, frustrado ante las lagunas que la censura forzaba en la licenciatura en letras. Las lecturas desordenadas fueron creando hojas de ruta, y cualquier ejemplar de la revista *Vuelta* de México podía ser una brújula señalando nuevos rumbos. Autores como Borges, Lezama Lima u Octavio Paz eran una meta en sí mismos, pero también traían consigo una biblioteca en sus alusiones y referencias. Ponte lee su primer Borges (la *Antología personal* en edición de Siglo XXI) y su primer Octavio Paz (*Ladera este* y *Salamandra*, en la edición de Joaquín Mortiz) de ejemplares obtenidos clandestinamente –aprovechando un descuido de la bibliotecaria a la hora del almuerzo– de Casa de las Américas, donde estaban sólo disponibles para «especialistas». Leer libros burlados a la censura le daba el placer adánico de comer el fruto del árbol de la sabiduría. La literatura inglesa le llega desordenadamente en las traducciones de Dickens, Kipling y Conan Doyle publicadas en la isla, mientras que el gótico, tan importante en *Contrabando de sombras*, le llega vía *El Castillo de Otranto* de Horace Walpole y de los cuentos de Edgar Allan Poe, cuya obra tuvo varios títulos en ediciones cubanas. Localmente, su infatuación con la compleja lectura de Alejo Carpentier le dejó entrever la posibilidad de desafíos mayores o, como él dice, de escalar una montaña aún más alta. El Everest de la literatura cubana para Ponte fue Lezama Lima, que no sólo le entreabría puertas a bibliotecas clandestinas y al placer de acceder a lo prohibido, sino también la posibilidad de superponer una república literaria a la república política, lo que equivalía a encontrar un nacionalismo no apropiado por la Revolución.

Durante años Ponte persistió en vivir en La Habana, aun cuando su relación con el régimen fue tensa desde un principio.

En 2002 afirmaba que la idea de someter cualquier escrito al juicio de un comisario político en vez de a una junta editorial lo había disuadido de tratar de publicar en Cuba. En la isla se publica su libro de poesía *Asiento en las ruinas* (Letras cubanas, 1997) y una plaquette también de poesía. En Ediciones Vigía, una suerte de cartonera antes de que los argentinos inventaran las cartoneras, se publica en una cuidada edición artesanal, de apenas 200 ejemplares, la primera versión de *Un seguidor de Montaigne mira La Habana* (1995). Entre los demás textos, publicados en el extranjero, figuran ensayos que indagan críticamente en la realidad cubana, como *Un seguidor de Montaigne mira La Habana* y *Las comidas profundas* (1997), y narrativa: *Cuentos de todas parte del imperio* (2000) y la novela que nos ocupa, *Contrabando de sombras* (2002). Sus artículos críticos, sus entrevistas a publicaciones extranjeras y sus actitudes en reuniones de escritores contribuyeron sin duda a que Ponte fuera «desactivado» de la Unión de Escritores y Artistas de Cuba (UNEAC) en 2003, sin detrimento de la causa oficial: su participación en el consejo de redacción de la revista *Encuentro de la cultura cubana*. El fundador de la revista, Jesús Díaz, había sido en algún momento uno de los protegidos de la Revolución. Pero Díaz se exilió en Madrid en 1993, desde donde encabezó un exilio tardío que es un hito en la historia intelectual de la Cuba posrevolucionaria, pues constituye un frente de artistas formados en la Revolución, desencantados y exiliados, pero que evitan alinearse con las antiguas visiones binarias que se sostuvieron por décadas en Miami. La orden de censura oficial de Ponte significó negar su estatus de escritor: no podía publicar ni participar en eventos públicos como presentaciones de libros, ni siquiera ser citado en publicaciones locales. Perdió también la protección que brindan las instituciones culturales a sus afiliados, cuya manifestación más concreta era la de facilitar el valiosísimo permiso de viaje —no hay que olvidar que antes del cambio de las leyes migratorias en 2013, nadie podía salir de la isla sin un permiso de salida que el gobierno otorgaba según la simpatía que los solicitantes profesaran al régimen.

Hasta ese momento, Ponte siempre había regresado a Cuba después de estancias relativamente prolongadas en Portugal y en la Universidad de Pensilvania. En su ensayo «La viga maestra» (traducido como «What Am I Doing Here?» e incluido en *Cuba On the Verge*, editado por Cola Franzen), compara ser testigo del deterioro del proyecto revolucionario con la lectura de una novela que da pena abandonar justo cuando se acerca el final. Sin embargo, el final continúa retrasándose; a pesar de la sostenida presión del régimen, Ponte consigue en 2006 una beca de la Fundación Carolina para estudiar la obra cubana de María Zambrano en Madrid, y logra obtener así un permiso de salida. En Madrid trabaja en el consejo editorial de la revista *Encuentro*, que luego codirige junto a Manuel Díaz Martínez, y después en *Diario de Cuba*. Es así que se convierte en ciudadano de ese segundo exilio cubano tardío, que tiene sus centros en Madrid, Barcelona y México.

En la época en que Ponte madura como escritor, Cuba se sume en una crisis apocalíptica que, bajo el nombre de Período Especial en Tiempos de Paz, supone una economía de guerra en ausencia de una guerra real. Las dificultades de esos años, producto del fin de los subsidios soviéticos y del comercio con los países de Europa del Este, dan lugar a una cultura del desastre. Ante la libertad de publicar en el extranjero, con menos miedo a la censura, los autores cubanos comienzan a publicar novelas sobre el hambre, la prostitución y las cambiantes reglas de juego de lo que Ariana Hernández Reguant (2009) ha llamado «socialismo tardío», ese momento en que el estado permite experimentaciones capitalistas a fin de mantener el estado socialista en pie.

Muchos narradores surgen en los noventa ante el estímulo de una experiencia vital extrema y única, seducidos también por la posibilidad de publicar en editoriales extranjeras, sobre todo las españolas, ávidas de explorar el deterioro de una Revolución que había marcado la imaginación de toda una época. La publicación en el extranjero, vedada en el pasado, es una de las muchas prohibiciones que el gobierno ya no está en condiciones de frenar en los noventa. A grandes rasgos, la mayor parte de las novelas que surgen en el Período Especial se ocupan en tono realista de temas como el hambre, la prostitución, la traición o el exilio, e introducen personajes urbanos de la nueva Habana –la jinetera, el extranjero, el paisaje humano en torno a los improvisados «bisnecitos» y las transacciones clandestinas que hace la gente para sobrevivir[2]. Apelando a géneros como el realismo sucio y la novela negra, se construyen textos con carácter testimonial y relativamente explícitos. Aun cuando Ponte se ha ocupado del hambre en *Las comidas profundas* (1997) –y más recientemente, en su *Libro de una sola mano de Nitza Villapol*–, la carencia ha sido una excusa para un ejercicio estético sobre el deseo. Curiosamente, escribir sobre la carencia lo ha acercado más al Lezama Lima de los excesos barrocos que al Pedro Juan Gutiérrez de una Centro Habana desnuda. Aunque Ponte también escribe durante el Período especial, no lo habita de la misma manera que la mayoría de los demás autores de la época. Como bien dice Rafael Rojas, «Gracias a su prosa refinada y, a la vez, transparente, Ponte es de los pocos escritores cubanos que, desde las reglas de la alta literatura, puede narrar, sin riesgo de artificios o disrupciones, la precariedad de la vida habanera» (Rojas 2006: en línea)[3].

Más que la creación de un archivo documental, el proyecto literario de Ponte consiste en «envasar el aire de una época»

---

[2]   Sobre la literatura del Período Especial, véanse Whitfield 2006 y 2008, De Ferrari 2004 y 2014, Casamayor-Cisneros 2013 y Loss 2005.

[3]   Sobre la combinación de elegancia y militancia en la escritura de Ponte, véase también Lemus 2007.

(Bernabé 2009: 260). La frase «envasar el aire de una época» sugiere el acercamiento a un momento y un lugar históricos específicos, un retrato, digamos, hecho a partir de elementos casi imperceptibles. El aire es algo a la vez vital, sensual y hasta poético; aunque sugiere el vacío, es también materia observable y hasta disecable. Tanto como realidad inmediata y como espíritu poético, el aire conjura la relación transparente pero indirecta que establece Ponte con lo vivencial. En algunas entrevistas Ponte ha aclarado que se acerca a lo político a través de la ironía, no tanto por temor a represalias políticas como por temor a la pobreza estética –«no iba a disentir de la mala política para caer en la escasa imaginación literaria» (Bernabé 2009: 254)–, y que su escritura, si bien no evita la autobiografía, llega a ella a partir del cultivo de lo impersonal (Bernabé 2009: 252).

Su obra, entonces, no reniega de un lugar y una época específicos. Sin embargo, resulta apropiado describir a Ponte como un escritor-lector que combina lo poético, lo real y lo fantástico de modo que trasciende, en una cuidada labor estética, lo histórico que enmarca su obra. De hecho, ha sido comparado con Jorge Luis Borges por su interés en lo fantástico y lo metafísico, un interés donde lo fantástico lleva a lo metafísico (Serna 2009: 83). Otro punto de coincidencia con Borges sería la noción latente de que la obra de Ponte es tanto más cubana por no intentar serlo. Ponte ha observado que la academia, sobre todo la norteamericana, da demasiada importancia a las influencias nacionales aun cuando la mayoría de los escritores no leen a sus compatriotas, sino a autores de Estados Unidos y Europa (véase Rodríguez 2009). Él mismo ha declarado su preferencia por la literatura inglesa colonial y la del imperio austrohúngaro, espacios literarios que tematizan la condición de ser extranjero en el espacio que uno habita. El espacio de Ponte no es la nación, sino lo que Pascale Casanova (2001) llama la república mundial de las letras, y su cubanidad literaria se cifra en lo que

Mariano Siskind (2016) ha llamado «deseo de mundo». No obstante, el referente físico de sus ensayos y de su narrativa es por lo general La Habana.

«La escritura de varios géneros es, para Ponte, una llegada al centro de la misma ciudad desde distintas calles», observa Rafael Rojas (2006: en línea), alabando la ductilidad que lo ha caracterizado. La metáfora es elocuente. Ponte, autor de *Contrabando de sombras*, publicada originalmente en 2002, así como de cuentos, poesía y ensayos, y eventual cultivador de «escritura creativa de no-ficción» (historias verdaderas narradas con sofisticación literaria), es un escritor versátil, que transita cómodamente una variedad de géneros para tejer la trama de una Habana real y literaria, local y cosmopolita a la vez. El propio Ponte ha comparado la escritura que combina diversos estilos y géneros con la tarea de hilar con hilos diversos, anudando y desanudando ciertas preocupaciones (Bernabé 2009: 259). En lo que sigue me ocuparé de los hilos que sostienen la relación entre escritura, decadencia y sexualidad que anima *Contrabando de sombras*. Parafraseando a Rojas y a Ponte, buscaré acceder al centro de la novela «desde distintas calles», trazando caminos a partir de las huellas que han ido marcando las diferentes lecturas críticas.

Contrabando de sombras es una novela breve, originalmente publicada en 2002 por Mondadori. El protagonista, Vladimir, es un poeta frustrado que pasa tiempo en el cementerio por razones de trabajo. Un fotógrafo europeo lo ha contratado para que escriba poemas que acompañen sus imágenes de las ruinas de La Habana para un libro sobre ciudades destruidas por la guerra. La historia de *cruising* en el cementerio remite a una nota al pie en *Historia de una pelea cubana contra los demonios* de Fernando Ortiz, donde se menciona un auto de fe que tuvo lugar a finales del siglo XVI, cuando la Inquisición quemó en la hoguera a diecinueve hombres por «amujerados». Aquel acto represivo de la colonia temprana tiene ecos en la política homofóbica de la Revolución, que incluyó la persecución y encarcelamiento de homosexuales, en la idea de que la homosexualidad era contraria al heroísmo que reclamaban los tiempos; de allí la agresiva política de virilidad que justifica la emboscada en la que se ve involucrado en su adolescencia el protagonista, y que conduce al suicidio de su amante en el internado[4].

En afán de definirla de algún modo, podría verse *Contrabando de sombras* como una novela gótica posmoderna homoerótica, ambientada en La Habana postsoviética y construida sobre una versátil noción de permeabilidad. La trama sigue a un poeta que, contratado por un fotógrafo extranjero, va al cementerio en busca de poesía y se enamora de un fantasma. La novela es gótica en parte por el escenario, una ciudad de muertos dentro de la ciudad en ruinas, y por el misterio que rodea encuentros inesperados. Los actos sexuales clandestinos que tienen lugar en nichos oscuros parecen obedecer a oscuras profecías. La novela cabe en la descripción del gótico posmoderno propuesta por Santiago Juan-Navarro (a propósito del cine del español Alejandro Amenábar): «En su expresión más tradicional, lo gótico consiste en una fórmula que incluye castillos encantados, pasadizos subterráneos, paisajes lúgubres, monstruos, fantasmas y un miedo o misterio sobrecogedor». A esto le agrega Juan-Navarro la confrontación de mundos simbólicos opuestos, como el día y la noche, y el uso de temas desconcertantes como el doble, lo inexplicable, la fantasía y el retorno de lo reprimido (2017: 22[5]). Las razones para reclamar este género para *Contra-*

---

[4] Sobre la masculinidad y el proyecto revolucionario, véase Bejel 2001 y Sierra Madero 2006.

[5] Juan-Navarro basa parte de su análisis en Bunnell 1996.

bando empiezan por la lúgubre decadencia de La Habana, que enmarca paisaje, tono e historia, y que se ve intensificada en el mundo de los muertos y su extraña conexión con los vivos, a lo que se sumarían otras como la presencia de lo inexplicable y lo siniestro, y la fantasía erótica de corte transcendental que domina el texto. Organizaré estos breves comentarios de la crítica actual sobre la novela alrededor de tres motivos: las ruinas, la permeabilidad y el erotismo.

LAS RUINAS

Jacqueline Loss (2003) sugiere que la novela exhibe sus andamios, aludiendo en el mismo gesto a la cuidada manufactura de la novela y al poético entramado de la ciudad a partir de sus ruinas. La ruina es un concepto-metáfora que materializa la nostalgia y lo lúgubre del desencanto de la Cuba postsoviética. La ruina se define por su inacabada imperfección. El aire y la materia se combinan para hacer de la ruina presencia y ausencia a la vez. Si en Alejo Carpentier las ruinas muestran la incapacidad de la civilización europea de contener la naturaleza caribeña, las ruinas de Ponte ofrecen en cambio una metáfora de la decadencia material y política de un proyecto agotado. La belleza agonizante de las ruinas ejerce una poderosa atracción en Ponte, al punto de haber sido llamado «poeta-ruinólogo». Ponte mismo se ha declarado cercano a Thomas Mann y otros escritores de lo decadente. Francisco Morán afirma que la ruina, en la escritura de Ponte, actúa como «bisagra que conecta, a la vez separa, los itinerarios de la melancolía con los de una efectiva, demoledora, incisiva crítica política» (2009: 52). Me ocuparé de ambos itinerarios sugeridos por Morán, comenzando por la función política de la ruina.

El cuento «Un arte de hacer ruinas» (publicado en 2001, escrito en 2000) atribuye el estado de la ciudad a una conspiración, ya sea política o fantástica, y sus inesperados héroes son académicos urbanistas. Ponte se vuelve más explícito en el documental de Florian Borchmeyer *Arte nuevo de hacer ruinas* (2006): las ruinas, dice, son la obra creativa de Fidel Castro. Arguye Ponte que la presencia ubicua de la ruina le habría permitido al Comandante consolidar a través de un ejercicio de desgaste endémico una fórmula casi mágica del poder: «Si tú no puedes cambiar tu casa, no puedes cambiar el reino», concluye Ponte en el documental.

Para Francisco Morán, Ponte «Construye, escribe: es lo mismo» (2009: 48). Una de las formas que toma esa super-posición entre escritura y construcción aparece en la tesis de Desirée Díaz «Ciudadanías liminales: vida cotidiana y espacio urbano en la Cuba postsoviética» (2015). En un lugar donde no se construye desde los años sesenta, hace notar Díaz, la labor de los arquitectos de profesión se ha visto relegada a una pura labor imaginativa, dando lugar a una «arquitectura de papel». Desirée Díaz dialoga con Emma Álvarez Tabío, que elabora la idea de una Habana de papel, y extiende la arquitectura a la literatura hasta convertir la ciudad en ruinas en una obra de ficción. Díaz ve en la insistencia de Ponte de vivir la ciudad, recuperarla, explicarla y denunciarla a través de su obra, una suerte de performance por la cual el escritor se vuelve un arqui-tecto figurado, un «arquitecto insurgente», que interviene como agente social en los espacios de una utopía incumplida.

En la lectura de la novela que hace Esther Whitfield en *Cuban Currency* (2007) las ruinas de La Habana aparecen como la huella de una guerra que no ocurrió. Esta lectura de *Contrabando* se apoya en gran parte en el personaje del fotó-grafo extranjero. Consume al extranjero, autor de un libro de fotos hechas en Beirut, la obsesión de mirar La Habana como un territorio devastado materialmente por una guerra que sólo transcurre simbólicamente. Sus imágenes plasman «imágenes de calles vacías, de edificios apuntalados, o convertidos en escombros. Ruinas, en suma. Había venido de su país a retratarlas» (23). A éstas se le agregaban imágenes del cementerio, «la ciudad de los muertos», y al mirar la secuencia de imágenes, se confundían ante los ojos de Vladimir casas y tumbas. Whitfield atribuye a Ponte la intención de establecer una conexión causal entre las ruinas arquitectónicas y la retórica beligerante construida para convencer a los cubanos de que el país está en guerra perpetua. Afirma Whitfield: «Una guerra real es lo que La Habana necesita para justificar su apariencia y su experiencia; y, en la ausencia de tal guerra, Beirut completa la historia» (2008: 151). Beirut se vuelve así un referente alternativo/suplementario de La Habana, que no tuvo guerra real.

En *La fiesta vigilada*, Ponte reflexiona sobre el valor de las ruinas en un pasaje memorable:

> Jean Cocteau entendió las ruinas como accidentes en cámara lenta. De hacer caso a tal formulación, plantarse ante ellas resulta sumamente reprochable mientras sirven de albergue. Aquel que halla deleite en ruinas habitadas cabe entre los espectadores de penas capitales, los visitantes de morgues y de anfiteatros anatómicos, los curiosos de incendios, los privilegiadores de la crónica roja. Pertenece sin dudas a la pandilla enamorada de la destrucción, a la Sociedad de Conocedores del Asesinato [...]. Todo ruinólogo practica una contemplación cruzada de reproches. (Ponte 2007: 168-69)

La combinación de accidente y lentitud da perspectiva humana a la historia y cuestiona el valor ético de lo que Susan Sontag llama «mirar el dolor de los demás». Apunta Ponte: «La contemplación estética de la vida habanera suele pasar por alto que sus ruinas están habitadas. Populosamente, incluso. Y es dable preguntar cuánta inmoralidad existe en escribir de un accidente –por lento que éste sea–, en lugar de ofrecer asistencia a las víctimas» (2003: 15-16). Whitfield sugiere que el ensayo «What Am I Doing Here?» («La viga maestra, el Tiempo», en el original), de donde proviene la cita, puede ser leído como una disculpa por obtener placer estético del patético estado de la vivienda en Cuba (Whitfield 2008: 143). El placer de la ruina es «perverso», sentencia Morán (2009: 65). Es que la ruina no es sólo testamento de una vulnerabilidad inminente; como espacio que se define a partir de lo ausente, la ruina sugiere también la porosidad entre planos semánticos, retóricos y eróticos.

Permeabilidad

En esa fragilidad, poco caben el amor y la escritura: en una pelea por dinero durante la boda de la jinetera y el fotógrafo extranjero, los papeles con los poemas escritos por Vladimir se mojan y se arruinan. El desmoronamiento posible aparece también en las mentiras necesarias para sobrevivir y en la clandestinidad. La porosidad de las estructuras debilitadas ofrece un espacio perverso de creatividad y de agencia, justificando a nivel más básico el contrabando, el tráfico clandestino de cuerpos y mercancía entre espacios diferentes y a veces incompatibles.

La combinación de la literatura y el dinero lleva a Vladimir, el protagonista, a pasar tiempo en el cementerio. Contratado por el fotógrafo extranjero para escribir poemas que acompañen sus fotos de La Habana como ciudad en guerra, Vladimir se sumerge, cual buzo, en un submundo que ejerce una misteriosa atracción erótica en él, y en el que vislumbra una profecía de su amigo Renán, cuya atracción sexual por el cementerio y su misteriosa muerte impulsan parte de la narrativa, aunque la profecía original viene desde la Cuba colonial para perseguirlo en el presente.

La profanación de tumbas es una de las formas más concretas de permeabilidad entre el mundo de los vivos y el mundo de los muertos. El contrabando de sombras remite al comercio con la muerte o gracias a ella, como la profanación de tumbas por comercio y por amor. Las sombras aluden a la sexualidad clandestina, a la muerte que rodea esa sexualidad en la novela, por lo inexplicable de algunos eventos y la sugerencia de una época oscura que alienta bajo la superficie. La permeabilidad existe también en los cuerpos que traspasan paredes para acosar a Vladimir, y en las páginas que aparecen del libro de Fernando Ortiz robado por el amigo muerto. El libro robado y reaparecido permite que se cuelen en el presente otros momentos históricos, sugiriendo un punzante paralelismo entre la Inquisición –y el auto de fe en Cayo Puto– y la Cuba castrista. Con todo ello ingresa en la novela lo gótico.

En su ensayo «Topografías urbanas», sugiere José Javier Maristany sobre la relación paisaje-cicatriz-memoria:

> Si reemplazamos los términos urbanísticos por un esquema básico del psicoanálisis, podríamos pensar que esos apuntalamientos en la ciudad son una metáfora que remite a los mecanismos de defensa que intentan impedir el avance de lo siniestro que anida en el inconsciente tanto individual como colectivo. (2008: 139)

La novela se desarrolla, además, en un ambiente de precariedad afectiva. Los personajes desandan el cementerio y otros espacios semimuertos de la ciudad en una búsqueda utópica de amor, belleza o libertad. Esta búsqueda es visceral y trascendental, pues los personajes no saben por qué vuelven a los mismos lugares y a las mismas personas, siempre bajo una nube lúgubre que permite cruzar de ida y vuelta el umbral de la muerte y las tinieblas.

Los parecidos entre muertos y vivos, los sueños, los libros desaparecidos y reaparecidos, las puertas cerradas que no detienen a los fantasmas y las tumbas que no cierran del todo marcan una porosidad insistente; una voluntad de escapar y trascender. El comercio, el amor y la escritura son formas diferentes de una búsqueda insaciable que se resuelve en su versión más significativa, erótica y lúgubre: la necrofilia.

Erotismo[6]

El erotismo en *Contrabando de sombras* es inseparable de la necrofilia. Al comienzo de la novela, Vladimir oye la confesión de su amigo Renán sobre la irresistible atracción sexual que sobre él ejercía el cementerio. Cuando llega al cementerio en compañía del fotógrafo, Vladimir encuentra entre profanadores de tumbas a un joven que guarda un gran parecido con el amor de su vida, un nadador apellidado Miranda que se suicidó en su adolescencia cuando se supo públicamente que era homosexual. La necrofilia aparece sugerida en primer lugar por la ambientación: gran parte de las escenas sexuales ocurren en el cementerio, que actúa como sinécdoque de la ciudad en ruinas. En segundo lugar, se debe a la presencia espectral del amante muerto: la búsqueda de Vladimir culmina cuando tiene sexo con César, el chico del cementerio que tan vívidamente le recuerda a Miranda, detrás de una pantalla de cine pálida y gastada. La novela insiste en la dimensión utópica de la necrofilia: «Renán se equivocó [...] El cementerio no es el lugar más imposible [...] Imposible de verdad es el lugar donde se juntan dos cuando uno de ellos está muerto» (118). Esta sentencia remite a un pensamiento metafísico elaborado más

---

[6]   Esta sección se basa en el análisis de la novela que aparece en De Ferrari 2017: 124-34.

en detalle durante la escena sexual tras la pantalla: «El lugar más imposible no era aquel que unía a un vivo y al espíritu de un muerto, sino uno donde hubieran coincidido ambos en igualdad de condiciones, el pasado» (162).

Existe una amplia gama de prácticas perversas que caen dentro de la definición de necrofilia. En *Anatomía de la destructividad humana*, Erich Fromm enumera entre las tendencias necrofílicas «la atracción hacia los cadáveres y las tumbas, así como los objetos relacionados con los cadáveres, como flores o pinturas» y «el ansia de tocar o aspirar el olor de los cadáveres o algo putrefacto» (1975: 324). Fromm ve estas instancias como parte de la definición más amplia ofrecida por el criminalista alemán H. Von Hentig en 1964: «*la atracción apasionada por todo lo muerto, corrompido, pútrido y enfermizo; es la pasión de transformar lo viviente en algo no vivo, de destruir por destruir* [...] *Es la pasión por destrozar las estructuras vivas*» (Fromm 1975: 330; cursivas en el original).

La atracción obsesiva por los cadáveres y las tumbas aparece en múltiples formas, no sólo por la obsesión que tiene el fotógrafo por plasmar imágenes de ruinas de guerra o por la adicción al *cruising* en el cementerio que comparten varios personajes, sino también por la representación novelística de una textura social en profunda decadencia. El trabajo de los gusanos (que se alimentan de cadáveres) es anticipado metonímicamente por el de los profanadores de tumbas y los perros vagabundos, que se repite fuera del cementerio en los «buzos», que hurgan en la basura antes de que pasen los recolectores oficiales. El deseo por lo que se pudre tiene una densidad alegórica porque el jineterismo sexual y artístico, las denuncias falsas y las persecuciones inútiles son diferentes aspectos de un engranaje que se ocupa de destrozar tanto estructuras vivas como estructuras de vida (prácticas cotidianas y morales), y que se percibe en las vidas desperdiciadas, en indignidades cotidianas, en la destrucción de la vida del otro por placer o por supervivencia propia. Esta economía de vampirismo y sustitución alcanza incluso el reciclado piadoso en la reventa de velas en la capilla del cementerio, impidiendo que las plegarias por los seres amados cumplan su ciclo simbólico. Semejante paisaje da una idea a los lectores sobre la corrupción generalizada en la sociedad revolucionaria: nadie es realmente inocente. Es más, la necrofilia tiene una dimensión estética: según el fotógrafo europeo, la verdadera belleza sólo se puede palpar en sus cicatrices, en sus fisuras (39). El deterioro de La Habana le presta a la ciudad un aura especial. Vladimir reconoce esa doble dimensión –estética y moral– de la ciudad en ruinas cuando se siente obligado a justificar la calidad artística de las fotografías: «Todos estamos más o menos muertos, y son hermosas las más o menos muertes que llevamos» (25).

En sus ejemplos más literales, Fromm entiende que una de las premisas sobre las cuales descansa la necrofilia es la penetración de la carne viva del hombre en la carne muerta y hospitalaria de un cadáver por lo general femenino. Sin embargo, la lógica de permeabilidad en la novela va mucho más allá, ya que la penetración estructura la narración a diferentes niveles. Específicamente, el acto de forzar un cuerpo en la carne muerta de otro responde en la novela a la búsqueda obsesiva de lo impensable y lo imposible, de recuperar mundos que existen anteriores al presente, fuera de la realidad sensible, incluyendo el mundo utópico del amor perfecto. Uno podría decir que Vladimir resume el concepto literario que sostiene la novela cuando explica a su amiga Susan el misterio que Miranda encierra para él:

«[...] Tiene una cicatriz en el torso. Paso la punta de los dedos por esa cicatriz como si se tratara de un mensaje en relieve que debería entender, como escritura para ciegos, un

subrayado. Agarro su cabeza y quisiera apretársela hasta quebrarla y que saliera un sonido, una sílaba que me contestara
sí o no.

Bajó la voz hasta hacerla casi inaudible.

*«Se la meto, y lo que consigo es dar brazadas en una piscina
en la que nadé hace mucho tiempo.* Topo con una pared que no
se abrirá más, si acaso alguna vez se abrió. En el último de los
lugares imaginables [...] yo he venido a tropezarme de nuevo
con sus zapatos [...]» (117; las cursivas son mías)

Esta confesión es productiva tanto desde un punto de vista
narrativo como metanarrativo. Para empezar, muchos hilos
del argumento convergen aquí. Vladimir cuenta esta historia
a Susan, una buena amiga que vive al frente del cementerio
donde está enterrado su hijo. Su hijo era un buzo, un buzo real,
que se ahogó tratando de ver «el fondo de las cosas», búsqueda
que de alguna manera también guía a los buzos de la basura,
a los profanadores de tumbas y a los fleteros del cementerio;
incluso a la misma Susan, que en su anhelo maternal busca
recuperar en sus caminatas por el cementerio al hijo perdido.
Lo que une a Vladimir y a Susan es, también, la pérdida de su
amigo Renán, quien murió en un misterioso accidente después
de confesarles su atracción por los cementerios, y cuyos zapatos
han sido robados de su tumba. «Nada más de ver esos muros
tenía una erección», confiesa Renán, a lo que Vladimir responde «¡No había oído a nadie a quien un muro se la parara!»
(11). Vladimir habla de la oscura pasión que siente por César,
un hombre joven que lleva los zapatos de Renán, y que ha
tratado de salir de la isla muchas veces. Después de fracasar en
varios intentos, César ha abandonado su deseo de escapar de La
Habana y vive ahora entre las tumbas: ha cambiado la ciudad
de los vivos por la de los muertos. Como ya se mencionó, parte
del atractivo que César tiene para Vladimir es que le recuerda

a su primer amor, un joven llamado Miranda. Miranda se suicidó en la piscina de la escuela después de que lo descubrieran teniendo sexo con el matón de la escuela. El entrenador de natación sabía que le habían tendido una trampa y salvó a Vladimir impidiéndole que fuera a verse con su amante esa tarde: «Eres tú o él» (150). Para retenerlo, el entrenador invita a Vladimir a nadar con él en lo que deviene un lento acto sensual de movimientos y respiraciones coordinadas entre maestro y alumno en el agua calentada por el sol de la tarde (eventualmente, el entrenador va a acostarse con Vladimir después de afeitarle el pubis para que parezca el niño que fue cuando lo conoció). Más importante, sin embargo, es que la clave de la identidad de César parece contenida en una cicatriz en el torso. Vladimir está obsesionado con la noción de que esa cicatriz guarda el enigma de la verdad sobre Miranda, si se trata de una reencarnación o de una ilusión. La cicatriz es también un signo de lo que Brad Epps (1995) ha llamado la indeleble marca que identifica al homosexual como débil, subordinado, deshonorable. A Vladimir, que es poeta, lo consume el deseo de leer la cicatriz de César como un libro en la oscuridad. Si César es un doble de Miranda, su cicatriz también tiene un doble. O dos. Uno es el remiendo en la gastada pantalla de un cine de barrio, que sólo se vuelve visible durante la pálida proyección del Océano Pacífico. La otra cicatriz aparece en la pierna de una abogada corrupta que engañó y destruyó la familia de César en un pasado remoto, y que lo salva de la cárcel en el presente del texto, corriendo riesgos a cambio de hacerse dueña de las palabras de Vladimir. Corrompiéndose por la poesía, por así decirlo.

El peso metanarrativo de esa cita descansa en la frase «Se la meto, y lo que consigo es dar brazadas en una piscina en la que nadé hace mucho tiempo». La penetración no lleva sólo al placer sexual, sino que lo transporta a un momento pasado, el ahogamiento de Miranda, en el que convergen la pérdida de la inocencia y del primer amor, la traición y la culpa. No obstante, la permeabilidad contenida en la penetración se repite en la novela. Por ejemplo, alguien fantasmal ingresa en el apartamento de Vladimir para escribir «maricón» en la pared y para robar páginas de un libro. El libro en cuestión es *Historia de una pelea cubana contra los demonios* de Fernando Ortiz, sobre la quema de la ciudad de Remedios en el siglo XVII, y contiene una alusión específica a una escena en la que la Inquisición condena a la hoguera a diecinueve hombres «amujerados» en una isla llamada Cayo Puto. La escena completa, en la que los hombres tienen pegadas plumas en todo el cuerpo para señalar que son «pájaros» –el término coloquial para homosexual en Cuba– y son quemados sobre una balsa en el mar, aparece en los sueños de Vladimir y en los de varios profanadores de tumbas y fleteros del cementerio, como Renán. La aparición sugiere que ellos tal vez sean las reencarnaciones de las víctimas de aquel acto horrible y fundacional de homofobia en la isla. En resumen: el pasado no es exactamente pasado, los muertos no están realmente muertos, y el amor es un misterio relacionado con la muerte y contenido en la cicatriz de César. La cicatriz, en sí misma, es la marca de una herida pasada, de piel que ha sido herida, abierta, penetrada; un grafema que contiene historia y herida, huella en la piel de César y, temporalmente, en el alma de Vladimir. Cuando penetra a César, Vladimir encuentra una pared («Topo con una pared que no se abrirá más, si acaso alguna vez se abrió»); una pared metafórica que, al igual que la piel, impide que el acto carnal se convierta en unión absoluta con el otro, en el conocimiento absoluto del amor en general y de Miranda en particular: una verdad que no se puede alcanzar y es, por tanto, mera utopía. La necrofilia, el encuentro sexual con o rodeado de muertos aparece en el texto como un rito de paso que permite tocar brevemente esa verdad.

La culminación de la búsqueda de amor del protagonista es un episodio que une a los vivos y a los muertos «en igualdad de condiciones» a través de una serie de operaciones afines a la fotografía. Véase, por ejemplo, en la siguiente escena: César, obligado a abandonar el cementerio, busca algo o alguien obsesivamente en la ciudad; esa búsqueda lo ha llevado al cementerio. El cementerio es aquí un espacio sagrado de conocimiento trascendental. Convencido de que lo ha encontrado, César lleva a Vladimir por un túnel angosto dentro de un baño público roto y que conduce a una franja de espacio entre la pantalla pobremente iluminada de un cine y la pared. Cuando César se quita la camisa, la proyección del océano Pacífico, una imagen tan estática que parece un fotograma, cubre su torso de una luz azulada. Vladimir tiene la impresión que César, quien ha tratado de escaparse de la isla a nado muchas veces infructuosamente, ahora nada en olas de pálida luz y de sombras. En este momento, Vladimir siente que acaricia un fantasma, toca la pared –una pared tan real como metafórica– y la atraviesa en un acto de penetración sexual que es, a la vez, la entrada en un mundo de conocimiento y amor sublimes.

El angosto espacio detrás de la pantalla es como un panteón, una tumba de luz, una suerte de *camera obscura/lucida* metafísica. Sólo se puede acceder a ese espacio a través de un túnel oscuro, estrecho y húmedo en un baño público, mediante una ceremonia que tal vez evoca el acto de nacer. No se trata de un acto de creación, ni comienzo ni reproducción –la madre de César condena la homosexualidad como «un amor que no hace nacer nada» (135). Por el contrario, se trata de la entrada a una especie de tumba en la cual el conocimiento y el amor, la utopía del encuentro entre los vivos y los muertos «en igualdad de condiciones», tiene lugar en forma material y metafísica a la vez.

El túnel que marca el pasaje entre la ciudad y el mundo de los muertos evoca tres espacios semánticos en los cuales la penetración equivale a una práctica de conocimiento: la cicatriz, el obturador de la cámara fotográfica y el recto. Primero, la cicatriz está cargada explícitamente de significación, puesto que encapsula tanto la noción de belleza para el personaje fotógrafo como el amor para Vladimir. Además, la cicatriz funciona también como marca de una identidad construida sobre una sustitución continua. Así, el texto sugiere que el remiendo en la pantalla y la herida de Miranda en el corazón de Vladimir están asociadas con la cicatriz en el torso de César. Es la conexión entre la metáfora y el referente, sin embargo, lo que logra la mágica conexión entre la piel viva y el fantasma.

En segundo lugar, el túnel evoca el obturador de una cámara fotográfica. En fotografía, el obturador es el dispositivo que permite el paso de la luz por un tiempo determinado para exponer el material sensible a la luz y capturar así una imagen estática de manera permanente. La luz que atraviesa el obturador crea una imagen material que posibilita la co-presencia de sujeto y el objeto, una co-presencia tan inusual en el arte que es una de las características básicas y distintivas de la fotografía. Según Roland Barthes en *La cámara lúcida*, una capacidad intrínseca del medio es la de cancelarse a si mismo como medio. La fotografía se vuelve así no tanto un signo, sino más bien «la cosa misma» (1989: 83). En *Contrabando de sombras*, la luz es «un medio carnal», como diría Barthes (1989: 127), ya que permite «una co-presencia [...] que es también de orden metafísico» (1989: 132). La luz se vuelve una piel que Vladimir puede sentir y tocar, llevando lo que Laura Marks llama «visualidad háptica» (la visión que ofrece una experiencia táctil) a un nivel impensable (2002: xi). César, que parece hecho de luz, es un fantasma. El sexo con una proyección de luz es una profunda interacción entre la ficción y lo real. Se puede apreciar la cicatriz que aparece en la pantalla y en la piel de César como una forma de *punctum*, ese detalle en el significante que, según Barthes, punza emocionalmente al espectador (en este caso a Vladimir y por ende al lector), dando un valor afectivo suplementario a la imagen.

En tercer lugar, la penetración del túnel en el baño, que culmina con la eyaculación de Vladimir, sugiere el sexo anal. El túnel entendido como un recto trae la conversación sexual al campo político. Leo Bersani sugiere que la pasividad en el sexo gay ha recuperado con el SIDA la connotación de una avidez sexual destructiva, tal como se pensaba de la prostitución y la sífilis en el siglo XIX. Recuerda Bersani a Epps cuando declara que «Hay una incompatibilidad legal y moral entre la pasividad sexual y la autoridad cívica. El único tipo de conducta sexual honorable consiste en ser activo, en dominar, en penetrar y ejercer así la autoridad [...] *Ser penetrado es abdicar poder*» (1988: 212; énfasis en el original). Podría decirse que Bersani avanza la posición propuesta por Epps sobre la conexión entre sexo, política y honor cuando aclara: «Ese juicio [Ser penetrado es abdicar poder] está basado en el valor sacrosanto del yo, un valor que sirve para justificar el extraordinario deseo de los seres humanos de matar para proteger la seriedad de sus declaraciones». Y concluye: «El yo es una conveniencia práctica; cuando se lo lleva al estatus de ideal ético, es una licencia para la violencia» (Bersani 1988: 222). A la luz de estas palabras, se puede interpretar la novela de Ponte como la defensa de una ética anti-honor, en la cual el honor es entendido como la clave de una membresía en la exclusiva hermandad masculina que, sublimada, justifica incluso la muerte. Es decir, se rebela contra la ética detrás de la historia de Cayo Puto, que se cuela en la vida de los personajes en forma de sueños, en tumbas y a través de las paredes.

Es posible concluir que la verdad en *Contrabando de sombras* no es otra que el deseo asesino implícito en los valores revolucionarios del honor masculino, del cual Miranda ha sido víctima. No obstante, en un texto que opera a varios niveles retóricos, la figura más consistente y reveladora es la anastomosis, la penetración de una palabra dentro de otra, o en este caso, de un mundo dentro de otro: la ciudad en el cementerio, el amante muerto en el cuerpo del vivo, la pantalla en la piel, el sueño y la conciencia. De hecho, la novela comienza con una escena de permeabilidad –«El techo entre la vigilia y los sueños tenía filtraciones» (8)– y continúa sosteniendo dicha estructura, donde la penetración de un mundo en otro desenmascara los ideales éticos de la Revolución como simulacro de verdad. Se puede ver en este movimiento de invasión e inversión una condena a la sanción revolucionaria de la violencia social homofóbica.

Dice Foucault en una entrevista sobre la amistad entre hombres:

> Los códigos institucionales no logran validar esas relaciones de múltiples intensidades, colores variables, movimientos imperceptibles y formas cambiantes. Tales relaciones provocan cortocircuitos e introducen amor donde se supone que sólo haya ley, regla o hábito. (Foucault 1981: 38)

Podría decirse que, a través de varias formas de penetración, la homosexualidad en el texto crea un cortocircuito en códigos institucionales al introducir amor donde, parafraseando a Foucault, sólo cabrían ley, reglas, hábitos. Como interrupción, irrupción, perforación y pinchazo, pero también como claridad, sensibilidad, definición y profundidad, la penetración en *Contrabando* desbarata la combinación retórica que une el ideal ético y la ideología masculina en el proyecto revolucionario.

Bibliografía

Balderston, Daniel (2009): «Cuba y Amargura». En Basile, Teresa (ed.): *La vigilia cubana. Sobre Antonio José Ponte.* Rosario: Beatriz Viterbo, 35-42.

Barthes, Roland (1989): *La cámara lúcida. Nota sobre la fotografía.* Barcelona: Paidós.

Bejel, Emilio (2001): *Gay Cuban Nation.* Chicago / London: Chicago University Press.

Bernabé, Mónica (2009): «Un puente, un gran puente: ciber-entrevista a Antonio José Ponte». En Basile, Teresa (ed.): *La vigilia cubana. Sobre Antonio José Ponte.* Rosario: Beatriz Viterbo, 249-266.

Bersani, Leo (1988): «Is the Rectum a Grave?». En Crimp, Douglas (ed.): *AIDS: Cultural Analysis, Cultural Activism.* Boston: MIT University Press, 197-222.

Buckwalter-Arias, James (2005): «Reinscribing the Aesthetic: Cuban Narrative and Post-Soviet Cultural Politics». En *PMLA* 120 (2): 362-374.

Bunnell, Charlene (1996): «The Gothic: A Literary Genre's Transition to Film». En Grant, Barry Keith (ed.): *Planks of Reason: Essays on the Horror Film.* Lanham: Scarecrow Press, 79-100.

Casamayor-Cisneros, Odette (2013): *Utopía, distopía e ingravidez: reconfiguraciones cosmológicas en la narrativa postsoviética cubana.* Madrid / Frankfurt: Iberoamericana-Vervuert.

Casanova, Pascale (2001): *La república mundial de las letras.* Barcelona: Anagrama.

De Ferrari, Guillermina (2003): «Aesthetics Under Siege: Dirty Realism and Pedro Juan Gutiérrez's *Trilogía sucia de La Habana*». En *Arizona Journal of Hispanic Cultural Studies* 7: 23-43.

— (2017): *Comunidad y cultura en la Cuba postsoviética.* Madrid: Verbum.

Díaz-Díaz, Desirée (2015): *Ciudadanías liminales: vida cotidiana y espacio urbano en la Cuba postsoviética*. Disertación doctoral, University of Wisconsin.

Epps, Brad (1995): «Proper Conduct: Reinaldo Arenas, Fidel Castro, and the Politics of Homosexuality». En *Journal of the History of Sexuality* 6 (2): 231-83.

Foucault, Michel (1981): «De l'Amitié comme mode de vie: un entretien avec un lecteur quinquagénaire». Interview with R. de Ceccaty, J. Danet, and J. Le Bitoux. En *Gai Pied*, abril: 38-39.

Fromm, Erich (1975): *Anatomía de la destructividad humana*. Madrid: Siglo xxi.

Hernández-Reguant, Ariana (2009): «Writing the Special Period: An Introduction». En Hernández-Reguant, Ariana (ed.): *Cuba in the Special Period: Culture and Ideology in the 1990s*. New York: Palgrave MacMillan, 1-20.

Juan-Navarro, Santiago (2017): «Trapped in the House of Mirrors: *The Others* as a Transnational Postmodern Gothic Thriller». En Marí, Jorge (ed.): *Tracing the Borders of Spanish Horror Cinema and Television*. London: Routledge, 15-33.

Lemus, Rafael (2007): «*La fiesta vigilada*, de Antonio José Ponte». En *Letras Libres*, 31 de mayo: <http://www.letraslibres.com/mexico-espana/libros/la-fiesta-vigilada-antonio-jose-ponte>.

Loss, Jacqueline (2003): «Antonio José Ponte: *Contrabando de sombras*». En *World Literature Today* 77 (2): 145-146.

Maristany, José Javier (2008): «Topografías urbanas: De los andamios a los apuntalamientos. A propósito de Contrabando de sombras de Antonio José Ponte». En Basile, Teresa (ed.): *La vigilia cubana. Sobre Antonio José Ponte*. Rosario: Beatriz Viterbo, 129-143.

Marks, Laura U. (2002): *Touch: Sensuous and Multisensory Media*. Minneapolis and London: Minnesota University Press.

Morán, Francisco (2008): «Un asiento, y Ponte, entre las ruinas». En Basile, Teresa (ed.): *La vigilia cubana. Sobre Antonio José Ponte*. Rosario: Beatriz Viterbo, 43-71.

Ponte, Antonio José (2007): *La fiesta vigilada*. Barcelona: Anagrama.

— (2003): «What Am I Doing Here?». En McCoy, Terry (ed.): *Cuba On the Verge: An Island in Transition*. New York: Bulfinch Press, 14-16.

Rodríguez, Néstor (2009): «La mirada epistemológica en la poética literaria de Antonio José Ponte». En *Revista Canadiense de Estudios Hispánicos* 33 (3): 565-577.

Rodríguez, Reina María (2009): «Cetrería y naufragio». En Basile, Teresa (ed.): *La vigilia cubana. Sobre Antonio José Ponte*. Rosario: Beatriz Viterbo, 13-33.

Rojas, Rafael (2006): «Un arte de hacer ruinas, de Antonio José Ponte». En *Letras Libres*, 30 de abril: <http://www.letraslibres.com/mexico/libros/un-arte-hacer-ruinas-antonio-jose-ponte>.

Serna, Mercedes (2009): «Tuguria, ciudad de la memoria». En Basile, Teresa (ed.): *La vigilia cubana. Sobre Antonio José Ponte*. Rosario: Beatriz Viterbo, 83-94.

Sierra Madero, Abel (2006): *Del otro lado del espejo: la sexualidad en la construcción de la nación cubana* La Habana: Casa de las Américas.

Siskind, Mariano (2016): *Deseos cosmopolitas: Modernidad global y literatura mundial*. México: Fondo de Cultura Económica.

Whitfield, Esther (2006): «Prólogo». En Ponte, Antonio José: *Un arte de hacer ruinas*. México: Fondo de Cultura Económica, 9-30.

— (2008): *Cuban Currency: The Dollar and the Special Period*. Minneapolis / London: Minnesota University Press.

Catálogo Bokeh

Abreu, Juan (2017): *El pájaro*. Leiden: Bokeh.

Aguilera, Carlos A. (2016): *Asia Menor*. Leiden: Bokeh.

— (2017): *Teoría del alma china*. Leiden: Bokeh

Aguilera, Carlos A. & Morejón Arnaiz, Idalia (eds.) (2017): *Escenas del yo flotante. Cuba: escrituras autobiográficas*. Leiden: Bokeh.

Alabau, Magali (2017): *Ir y venir. Poesía reunida 1986-2016*. Leiden: Bokeh.

Alcides, Rafael (2016): *Nadie*. Leiden: Bokeh.

Andrade, Orlando (2015): *La diáspora (2984)*. Leiden: Bokeh.

Armand, Octavio (2016): *Concierto para delinquir*. Leiden: Bokeh.

— (2016): *Horizontes de juguete*. Leiden: Bokeh.

— (2016): *origami*. Leiden: Bokeh.

Aroche, Rito Ramón (2016): *Límites de alcanía*. Leiden: Bokeh.

Barquet, Jesús J. (2018): *Aguja de diversos*. Leiden: Bokeh.

Blanco, María Elena (2016): *Botín. Antología personal 1986-2016*. Leiden: Bokeh.

Caballero, Atilio (2016): *Rosso lombardo*. Leiden: Bokeh.

— (2018): *Luz de gas*. Leiden: Bokeh.

Calderón, Damaris (2017): *Entresijo*. Leiden: Bokeh.

Díaz de Villegas, Néstor (2015): *Buscar la lengua. Poesía reunida 1975-2015*. Leiden: Bokeh.

— (2015): *Cubano, demasiado cubano. Escritos de transvaloración cultural*. Leiden: Bokeh.

— (2017): *Sabbat Gigante. Libro primero: Hojas de Rábano*. Leiden: Bokeh.

— (2018): *Sabbat Gigante. Libro segundo: Saigón*. Leiden: Bokeh.

Díaz Mantilla, Daniel (2016): *El salvaje placer de explorar*. Leiden: Bokeh.

Fernández Fe, Gerardo (2015): *La falacia*. Leiden: Bokeh.

— (2015): *Notas al total*. Leiden: Bokeh.

Fernández Larrea, Abel (2015): *Buenos días, Sarajevo*. Leiden: Bokeh.

— (2015): *El fin de la inocencia*. Leiden: Bokeh.

Ferrer, Jorge (2016): *Minimal Bildung. Veintinueve escenas para una novela sobre la inercia y el olvido*. Leiden: Bokeh.

Gala, Marcial (2017): *Un extraño pájaro de ala azul*. Leiden: Bokeh.

Garbatzky, Irina (2016): *Casa en el agua*. Leiden: Bokeh.

García, Gelsys (2016): *La Revolución y sus perros*. Leiden: Bokeh.

García, Gelsys (ed.) (2017): *Anuncia Freud a María. Cartografía bíblica del teatro cubano*. Leiden: Bokeh.

Garrandés, Alberto (2015): *Las nubes en el agua*. Leiden: Bokeh.

Ginoris, Gino (2018): *Yale*. Leiden: Bokeh.

Gómez Castellano, Irene (2015): *Natación*. Leiden: Bokeh.

Guerra, Germán (2017): *Nadie ante el espejo*. Leiden: Bokeh.

Gutiérrez Coto, Amauri (2017): *A las puertas de Esmirna*. Leiden: Bokeh.

Hernández Busto, Ernesto (2016): *La sombra en el espejo. Versiones japonesas*. Leiden: Bokeh.

— (2016): *Muda*. Leiden: Bokeh.

— (2017): *Inventario de saldos. Ensayos cubanos*. Leiden: Bokeh.

Hurtado, Orestes (2016): *El placer y el sereno*. Leiden: Bokeh.

Jesús, Pedro de (2017): *La vida apenas*. Leiden: Bokeh.

Inguanzo, Rosie (2018): *La Habana sentimental*. Leiden: Bokeh.

Kozer, José (2015): *Bajo este cien*. Leiden: Bokeh.

— (2015): *Principio de realidad*. Leiden: Bokeh.

Lage, Jorge Enrique (2015): *Vultureffect*. Leiden: Bokeh.

Lamar Schweyer, Alberto (2018): *Ensayos sobre poética y política. Edición y prólogo de Gerardo Muñoz*. Leiden: Bokeh, Colección Mal de archivo.

Marqués de Armas, Pedro (2015): *Óbitos*. Leiden: Bokeh.

Méndez Alpízar, L. Santiago (2016): *Punto negro*. Leiden: Bokeh.

Miranda, Michael H. (2017): *Asilo en Brazos Valley*. Leiden: Bokeh.

Morales, Osdany (2015): *El pasado es un pueblo solitario*. Leiden: Bokeh.

— (2018): *Zozobra*. Leiden: Bokeh.

Morejón Arnaiz, Idalia (2018): *Una artista del hombre*. Leiden: Bokeh.

Padilla, Damián (2016): *Phana*. Leiden: Bokeh.

Parra, Yoan Miguel (2018): *Burdeos*. Leiden: Bokeh.

Pereira, Manuel (2015): *Insolación*. Leiden: Bokeh.

Pérez Cino, Waldo (2015): *Aledaños de partida*. Leiden: Bokeh.

— (2015): *El amolador*. Leiden: Bokeh.

— (2015): *La isla y la tribu*. Leiden: Bokeh.

— (2016): *Dinámica del medio*. Leiden: Bokeh.

Ponte, Antonio José (2017): *Cuentos de todas partes del Imperio*. Leiden: Bokeh.

Portela, Ena Lucía (2016): *El pájaro: pincel y tinta china*. Leiden: Bokeh.

— (2016): *La sombra del caminante*. Leiden: Bokeh.

Quintero Herencia, Juan Carlos (2016): *El cuerpo del milagro*. Leiden: Bokeh.

Rodríguez Iglesias, Legna (2015): *Hilo + Hilo*. Leiden: Bokeh.

— (2015): *Las analfabetas*. Leiden: Bokeh.

Rodríguez, Reina María (2016): *El piano*. Leiden: Bokeh.

Sánchez Mejías, Rolando (2016): *Mecánica celeste. Cálculo de lindes 1986-2015*. Leiden: Bokeh.

Saunders, Rogelio (2016): *Crónica del decimotercero*. Leiden: Bokeh.

Starke, Úrsula (2016): *Prótesis. Escrituras 2007-2015*. Leiden: Bokeh.

Timmer, Nanne (2018): *Logopedia*. Leiden: Bokeh.

Valdés Zamora, Armando (2016): *La siesta de los dioses*. Leiden: Bokeh.

Villaverde, Fernando (2016): *Los labios pintados de Diderot*. Leiden: Bokeh.

— (2016): *La irresistible caída del muro de Berlín*. Leiden: Bokeh.

Winter, Enrique (2016): *Lengua de señas*. Leiden: Bokeh.

Wittner, Laura (2016): *Jueves, noche. Antología personal 1996-2016*. Leiden: Bokeh.

Zequeira, Rafael (2017): *El winchester de Durero*. Leiden: Bokeh.